Ludwig Anzengruber

Das vierte Gebot

Volksstück in drei Aufzügen

Ludwig Anzengruber

Das vierte Gebot
Volksstück in drei Aufzügen

ISBN/EAN: 9783744609784

Hergestellt in Europa, USA, Kanada, Australien, Japan

Cover: Foto ©Andreas Hilbeck / pixelio.de

Weitere Bücher finden Sie auf **www.hansebooks.com**

Erster Akt

Garten. Der Hofraum und ein Teil eines größeren Zinshauses sind hinter dem Gitter sichtbar, das von rechts über die Bühne läuft, in der Mitte ein Tor hat und links an einen Seitentrakt stößt, von welchem eine Türe unmittelbar aus dem Hause nach dem Garten führt.

Erste Szene

Schön und Anna, mit Gartenarbeit beschäftigt.

Schön (kniet neben einem Blumenbeet). 'n Bast!

Anna (begießt ein Beet, eine zweite Gießkanne steht neben ihr).

Schön (da er keine Antwort bekommt). Die Baststreifen zum Aufbinden. (Blickt auf.) Aber was treibst denn du? Du gießt ja schon dreimal auf 'm nämlichen Fleck.

Anna (setzt ab). Jesses — richtig. Du hast was wollen?

Schön. Die Baststreifen. Ich muß da a paar Stöckeln aufbinden.

Anna. O mein, die hab' ich in ein' von die Gießamper g'legt.

Schön. Und drauf g'schöpft, und jetzt schwimmen s' im Wasser. So fisch s' halt heraus. Was hast denn nur?

Anna (hat den Bast aus einer der Gießkannen herausgefischt und gibt ihm die Streifen). Aber frag nit so dalket. Weißt denn nit, was heut für ein Tag ist? Kann er nit jede Minuten kommen, unser hochwürdiger Herr Sohn?

Schön (brummend). Unser hochwürdiger Herr Sohn? — Freilich kann er kommen, und wenn er kommt, so wird er da sein, das is aber kein Anlaß zu solche Stückeln.

(Man hört eine Hausglocke läuten.)

Anna. Du, es läut't wer. Am End' —

Schön. Na ja freilich, am hellichten Tag wird er anläuten, wo alle Haustör' offen sein.

Anna. Aus G'spaß halt.

Schön. A geistlicher Herr g'spaßelt nit.

(Wiederholtes Läuten.)

Anna. Da hörst es jetzt!

Schön. Na, das wär' schön! (Läuft durch das Tor und hinter dem Gitter nach rechts ab.)

Anna. Hihi, wie er lauft! Er kann's ja selber nit erwarten. Und da tät' er unsereins, a Mutter, noch ausmachen. (Nimmt die Gießkanne und gießt in Gedanken wieder an der nämlichen Stelle.) Ich bin so neugierig, wie er ausschaut, unser hochwürdiger Herr Sohn. Die Madeln auf 'm Grund werd'n sich gewiß kränken, daß der geistlicher Herr worden ist. Jesses, jetzt gieß' ich da 's vierte Mal!

Schön (kommt zurück). Nix is. Der Schalanter war's, der besoffene Drechsler von nebenan, mit sein' Bub'n, den s' grad bei der Assentierung b'halten haben und der a nit nüchtern ist. Wegen derer Neuigkeit und aus Hetz' haben s' mich hinaus genarrt. Sie haben auch nach unsern Eduard g'fragt und woll'n ihn sehn, wenn er kommt, ich hab' ihnen's aber gleich g'sagt, es wird ihm keine besondere Ehr' sein.

Zweite Szene

Vorige. Hutterer.

Hutterer (kommt hinter dem Gitter von rechts).

Anna. Ich küß die Hand, Euer Gnaden!

Schön. Guten Abend, gnä' Herr!

Hutterer. Guten Abend! Na, heut kommt ja Ihner Eduard, nit?

Schön. Ja, er soll wohl.

Hutterer. Ich hab' g'hört, er ist Geistlicher word'n?

Anna. Ja, er is hochwürdig.

Hutterer. Was man nit an die Kinder alles erlebt, wenn man alt wird. Ich seh' 'n noch heut vor mir, den Rutschepeter, der nie a ganze Hosen hat derleiden mög'n, jetzt is der gar a hochwürdiger Herr! Er hat doch, soviel ich weiß, auf was anders studiert? Warts ös gleich so damit einverstanden? Dös hätt' 's ja in ein' Seminar viel billiger richten können.

Schön. Freilich, wenn man's früher g'wußt hätt'.

Hutterer. Is ihm die Frömmigkeit so auf einmal ein=
g'schossen?

Schön. Ja, gnä' Herr, das is a eigene G'schicht'. Ich
weiß, Sie hab'n sich die Jahr' her g'wundert, daß wir uns
ein' guten Bissen vergönnen, nur um den Bub'n studier'n
zu lassen, aber das is so eins aus dem andern kommen.
Meine Eltern waren Tagwerkerleut', hat keins lesen noch
schreiben können, aber der Vater hat g'sagt, das därf nit
so fortgehn bei unsere Kinder, die müssen was lernen, na,
da hat's halt mehr schwarz's Brot und Erdäpfel geb'n als
Fleisch, wie man sich leicht denken kann, aber wir Kinder
sind dafür fleißig in die Schul' g'schickt word'n. Und wie
ich, mein Bruder und meine Schwester an sein' Totbett
g'standen sein, da hat er g'sagt, sagt er: Seht's, euch geht's
schon viel besser als's uns gangen is, müßt's halt auch
dazuschau'n, daß's euern Kindern wieder um ein' Teil
besser geht als wie euch. Bei manch einem hat es kein
Geschick und kein Aussehn, daß es mit ihm besser wird,
aber die, die er hinterlaßt, können sich darauf einrichten,
wenn er ihnen ehrlich an die Hand geht, und möchten's
die Leut' so halten und nit bloß alleweil alleinig auf sich
denken, so hätten s' vor nötige Gedanken zu keine unnötigen
Zeit und das Geschimpf und Geraunz über Gott und Welt
möcht' a End' finden. Hat er g'sagt — und nach derer Red'
hab'n wir uns alle, ich, mein Bruder und meine Schwester,
g'richt'. So hab'n auch wir für unser Kind das Opfer ge=
bracht, aber es reut uns net, bis auf den heutigen Tag net,
wie auch die Sach' steht — gelt, Alte?

Anna. Na, es reut uns g'wiß net.

Schön. Freilich hab' ich glaubt, ich könnt' 'm Eduard auf
mein' Totbett auch sagen: Halt's mit deine Kinder, wie es
nit dir is gehalten worden, na, es hat nit sein sollen, es
ist anders kommen und das war so, er is schon bald mit
einer Studie fertig gewesen, da hat er a Madel kennen
g'lernt — müssen nit lachen, Herr von Hutterer — a Madel,
was das für eins war, na, mein' Alte soll's sag'n.

Anna. U mein, Euer Gnaden, das war a lieb's G'schöpf,
nit zu groß, nit z' klein, nit z' fett, nit z' mager, so „auf=

richtig" war's g'wachsen, und dann das noble, feine G'sichterl
mit die pechschwarzen Haar', bildsauber, mit ein' Wort bild=
sauber, und so stolz und wieder so b'scheiden, und so lustig
und wieder so nachdenklich und herzensgut — (wird immer
weinerlicher) und so a schön's, lieb's, gut's Kind . . .

Schön. Na, na, jetzt wirst wieder weinen, was redst denn
nachher davon?

Anna. Du hast mich ja selber aufg'fordert.

Schön (sich besinnend). Ja so, ich hab' dich selber aufg'fordert.
Also, daß ich sag', damals sein grad wieder die Blattern
stark in Wien umgangen, das Madel hat sich gelegt, hundert
und hundert sein davon kommen, sie hat draufgehen müssen.
Unser Sohn hat sich's von der Familie erbeten, daß er bei
der Kranken wachen darf, er ist auch dann nachtüber an der
Leich' gesessen und mit beim Begräbnis gewesen, aber von
der Zeit ab war er ein anderer. Ich hab' mich damals
über ihn geärgert und gesagt: Wenn dir deine Eltern nix
mehr sein und wenn dich die Welt nimmer g'freut, so geh
lieber gleich in ein Kloster! Sagt er: Vater, sei nicht kindisch.
Ihr seids und bleibt meine lieben, alten Leut' und von der
Welt will ich mich nit absperren, sie soll mich ja zerstreuen,
aber — hat er g'sagt — die Philippin', das war mein'
Lieb' für Zeit und Ewigkeit, die bleibt mir, ob tot oder
lebendig, die werd' ich nicht los und da wär' mir's halt
am liebsten so bissel seitab vom ärgsten G'wühl; in ein
Kloster werd' ich nit gehn, aber Geistlicher will ich werd'n!
Teuxel h'nein, ich hab' ihm freilich all's vorg'stellt — was
das für a schwerer Stand wär' — aber wie ich g'sehn hab',
er weiß's eh'nder und besser noch wie ich, da hab' ich g'sagt:
Bisher war's mein' Sach', jetzt ist's die deine, tu wie d'
glaubst. Da hat er mit einer Freud' von neuem zum Stu=
dieren ang'hob'n und ist Geistlicher word'n — is Geistlicher
word'n — ja — no, Geistliche müssen ja auch sein!

Hutterer. Ah, freilich, man braucht s' schon manch=
mal, ich werd' 'n selber ersuchen, daß er unser Hedwig
kopuliert.

Anna (schlägt die Hände zusammen). Was S' sagen, gnä'
Herr! So heirat' d'Fräul'n Hedwig?

Hutterer. Ja, und bald auch noch. Wenn man so a mannbar's Madl auf gute Art aus 'm Haus bring'n kann, is's ja eh' a wahr's Glück. Das ewige Aufpassen, Behüten und Überwachen wird ein'm z'wider. Soll s' ein' Mann nehmen, soll der sich um sie sorgen.

Anna (vertraulich). Jessas, wenn sich am End' gar die jungen Leut' kriegen sollten, das wär' schön.

Hutterer (für sich). Was? Was? — Die kann doch von nix wissen, wen meint s' denn nachher? (Mit erzwungener Freundlichkeit, lauernd.) No, erraten S' ihn etwa gar, den Bräutigam?

Anna. Ah, erraten tät' ich ihn schon, wir hab'n nur allweil g'fürcht, er möcht' für die Fräul'n Hedwig z' g'ring sein.

Hutterer (klopft ihr vertraulich auf die Achsel). Wer is's?

Anna. Der Herr Frey.

Hutterer. Der Frey? Was, der Klavierklimperer, der Tasten= hacker?! Na, der sollt' sich unterstehn und mir kommen! Der junge Stolzenthaler is's, wenn Sie's wissen woll'n, den wird s' heiraten, das is a Partie, der kann s' doch versorg'n, da kann s' doch was genießen. Ah, da hab' ich a saubere Ent= deckung g'macht, also so was hat sich hinter meinem Rücken ang'sponnen? 's ganze Haus red't schon davon, nur ich, der Vater, weiß nix! Wär' ja notwendig, daß man allweil daheim bei seiner Familie hocken bleibet und sich in gar kein Wirtshaus trauet, damit man nit hinterher solche Geschichten erlebt! Na, da werd'n wir aber doch gleich die Frau Mutter ins Gebet nehmen. He, Sidi! (Ab durch die Türe des Seitentraktes.)

Dritte Szene

Schön und Anna.

Schön. Du hast was Schön's ang'stift!

Anna. Mein Gott, es is mir halt so herausgerutscht, wer denkt denn . . .

Schön. Wenn ein G'schöpf auf Gottes Erdboden, so soll doch der Mensch allweil denken, mein' ich. Jetzt hast es!

Anna. Schrei du noch mit mir herum, wo mir eh' so viel hart g'schieht weg'n der Hausfrau und besonders weg'n der Fräul'n Hedwig. Und 'n Dingsda, 'n Stolzenthaler soll s' heiraten, hat er g'sagt? Das is ja der nämliche, der mit der Schalanter Pepi a Techtelmechtel hat?

Schön. Ja, und nit alleinig mit der. Aber jetzt laß uns gehn, damit man's nit a noch mit anhören muß.

Anna (im Abgehen). O mein Gott, o mein Gott!

Schön (folgt ihr, brummend). Ja, o mein Gott, o mein Gott! Hinterher kann jeder sag'n: o mein Gott!

(Beide sind durch das Gittertor abgegangen.)

Vierte Szene

Hutterer und Sidonie aus dem Seitentrakt.

Hutterer (seine Frau an der Hand nach vorne führend). Komm nur heraus! Komm her! Was hör' ich? Was hab' ich hör'n müssen?

Sidonie (verschüchtert). Ja, ich weiß nicht, was du gehört hast.

Hutterer (grimmig lachend). Ha!

Sidonie. Du lachst?

Hutterer. Fällt mir ein! Ich hab' nix zu lachen, aber ös habts auch nichts zu lachen, das geb' ich euch schriftlich. Is das wahr, daß die Hedwig und ihr Klavierlehrer a Aug' aufeinander hab'n? Is das wahr?

Sidonie. Lieber Anton . . .

Hutterer. Ich bitt' mir's aus, ich bin gar kein lieber Anton. Ich frag', hab'n die zwei ein Aug' aufeinander, und wenn, wo bast du — als Mutter — dann die deinen g'habt?

Sidonie. Daß sie sich leiden mögen, hab' ich wohl bemerkt.

Hutterer (höhnisch). Ah?

Sidonie (entschuldigend). Aber ich hab' sie nicht aufg'muntert.

Hutterer. Nicht aufg'muntert, was das für a Red' is? Abschrecken hättst s' soll'n, daß s' gar nit auf so dumme Gedanken kommen.

Sidonie. Ich hab' ja immer und alleweil abg'wart', was du dazu sagen wirst.

Hutterer (ganz perplex). Ich? Ja, hab' denn ich a Ahnung g'habt?

Sidonie. Aber, Anton, bei so junge Leut', die sich noch

gar nit zu verstellen wissen! Du bist ja nicht blind und
wirst dich von unsrer Bekanntschaft her erinnern — —

Hutterer. Unsinn! Ich war kein Klavierlehrer und du keine
Hausherrnstochter. Was weiß ich, wie zwei Geschöpf' von so
ein' himmelweiten Abstand auf die Lieb' verfallen, wo sich
das eine aufdrängen und das andere wegwerfen muß?!

Sidonie. Schau, Anton, sei g'scheit.

Hutterer. Bin ich's etwa net?

Sidonie. Jetzt, wo du weißt, wie die Sach' steht, solltest
du, als guter Vater unserer Hedwig, ihr'm Glück nicht entgegen sein.

Hutterer. Sonst nix? Bist du a gute Mutter? Redst
du mir zu, unser einzig's Kind an ein' Hungerleiber zu verheiraten? Gott sei Dank, daß ich mir ihr Glück mehr an-
gelegen sein laß'. Heiraten soll s', das steht, aber ich hab'
a Partie für sie, was a Partie is. Gelt, da schaust? Ja,
das is mein' Sach'. Verstanden? Jetzt geh hinein, zahl 'n
Herrn Klavierlehrer aus und sag ihm gleich, daß heut die
letzte Lektion war; dann bring mir 's Madel her.

Sidonie. Anton, übereil nur nichts!

Hutterer. Da wird nix übereilt, das ist unter Männern
abg'macht und wenn du meinst, ich könnt' mich über eine
Weil' anders besinnen, so verrechnest dich stark; eher bring'
ich das Madel um! Himmelsapperment, geh und tu, was
ich schaff'! Du kennst mich doch, wenn ich einmal mein'
Kopf aufg'setzt hab'!

Sidonie. Na ja, ich geh' schon. (Kopfschüttelnd nach dem Haustrakt ab.)

Hutterer. Das kommt von bö verkehrten Einrichtungen!
Bei ein' Bub'n fallt's ein' g'wiß nit ein, daß man ihm
a Lehrerin halt', aber bei bö Madeln muß's a Lehrer sein,
da zügelt man sich so ein' jungen Lackl ins Haus und nachher hat man's davon. Unglückselig's Klavierspiel, wem das
a von uns zwei eing'fallen is? Der alte Stolzenthaler hat
mir gesagt, es wär' jetzt schon notwendig, daß sein Bub'
amal g'setzt wurd' und bei mein' Madel, merk' ich, es ist a
höchste Zeit, daß's unter die Haub'n kommt. Dö passen ja
immer schöner z'samm'.

Fünfte Szene

Hutterer und Frey, aus dem Trakt.

Frey (erregt). Entschuldigen, Herr von Hutterer, nur auf einen Augenblick.

Hutterer (hämisch, übertrieben höflich). Bitte, was steht zu Diensten?

Frey. Die gnädige Frau sagte mir, daß der Klavier= unterricht des Fräuleins abgebrochen werden soll —

Hutterer. Ja! Hab'n S' Ihr Geld kriegt?

Frey. Das wohl.

Hutterer. Na, also, so haben wir über den Punkt nix weiter zu reden.

Frey. Ich maße mir natürlich nicht an, Ihren Entschluß zu kritisieren, aber meiner Ehre als Lehrer bin ich es schuldig, daß ich Sie aufmerksam mache, obwohl Ihr Fräu= lein Tochter ein sehr hübsches Talent besitzt und ich mein möglichstes getan habe, so war doch die Dauer des Unter= richtes zu kurz.

Hutterer. Eben, Sie hätten mit der Zeit auch Unmög= liches leisten können.

Frey. Mit einem Wort, es fehlt dem Fräulein noch an Geläufigkeit.

Hutterer. Ja, ja, sehn S', Sie könnten meiner Tochter vielleicht mehr Geläufigkeit beibringen, als der ihrem Zu= künftigen lieb wär'.

Frey (auf ihn zutretend, mit warmem Ton). Herr von Hutterer, Sie wissen — —

Hutterer (zurücktretend, ihn parodierend). Herr von Frey, ja, ich weiß.

Frey. Herr — aber ich weiß mir Ihr Benehmen nicht zu erklären.

Hutterer. Nicht? Tut mir leid. Schau'n S' halt um a Häuserl weiter, vielleicht finden Sie dort einen Vater, der deutlicher ist. Ich wünsch' es Ihnen!

Frey. Ich finde Sie in übler Laune. Vielleicht ein ander= mal. Gehorsamer Diener!

Hutterer. 'schamster Diener! Bemüh'n Sie sich nicht weg'n ein' andermal, ich bleib' mir gleich. — Ich bitte, wohin denn?

Frey (ist gegen den Tratt gegangen). Sie sehen, ich bin ohne Hut.

Hutterer. Bleiben Sie. (Ruft zur Türe hinein.) Sidi, die Hedwig soll dem Herrn Klavierlehrer seinen Hut mitbringen.

Frey. Aber wozu die Damen bemüh'n?

Hutterer. Sie tun das nicht gerne? Denk' mir's. (Geht auf und ab, summend.) Hum, hum, hübscher Abend heut, was?

Frey. Fragen Sie mich?

Hutterer. Na ja!

Frey. Sonderbar.

Hutterer. Ich find' da nix Sonderbar's. (Wendung gegen die Auftretenden.) Ah, da seib's ja.

Sechste Szene

Vorige. Sidonie und Hedwig, aus dem Tratt.

Hutterer. Hedwig, gib dem Herrn Klavierlehrer den Hut!

Hedwig (die den Hut in Händen hat, hält ihn mit leisem Zittern Frey hin).

Hutterer. Na, nehmen S' ihn! (Zu Hedwig.) Dieser Herr wird unser Haus nicht mehr betreten. Du kannst dein Klavierspiel als aufgegeben betrachten; es sind dabei Saiten angeschlagen worden, die mir nicht behagen. Überhaupt wird nunmehr jedes Spiel für dich ein Ende haben und der Ernst des Lebens wird an dich herantreten. (Sieht Frey, der noch immer auf selbem Flecke steht.) Ja, — gehorsamer Diener!

Frey (grüßt stumm und schreitet gegen den Tratt).

Hutterer. Wohin denn wieder?

Frey. Meine Zigarrenspitze muß auf dem Piano liegen geblieben sein.

Hutterer. So hol'n Sie s': So a vergessener Ding, das ging' ein' noch ab. (Zu Hedwig.) Also, wo sind wir stehn geblieben? Ja, der Ernst des Lebens wird an dich herantreten, du wirst deine Bestimmung erfüllen, — kurz und gut, ich hab' eine Partie für dich, an der nichts auszusetzen ist, tu mir also den Gefallen und setz auch daran nix aus.

Frey (erscheint im Hintergrunde an der Türe).

Sidonie. Mach das arme Kind nicht verzagter, als's schon is. Sag doch, wer, damit man weiß, wo es hin will.

Hutterer (zu Hedwig). Du kennst den jungen Stolzenthaler?

Sidonie. Was, der Stolzenthaler? Ah, das ist etwas anderes!

Hutterer. Gelt, da schaust?

Sidonie. Du denkst halt doch auf dein' Familie. (Umarmt Hedwig.) Kind, du wirst die reichste Frau am Grund.

Hedwig. Verlang' ich's?

Hutterer (zu Hedwig). Also, ich bitt' mir eine Antwort aus. Kennst du den jungen Stolzenthaler?

Hedwig. Ich hab' ihn nur paarmal flüchtig gesehn.

Hutterer. So nimm dir die Zeit und schau dir 'n gehörig an. Ich hab' seine Photographie mitgebracht. (Hat ein Bild aus der Tasche gezogen, das er ihr aufdrängen will.) Da!

Hedwig (wehrt ab). Ich danke.

Hutterer. Mach keine Geschichten!

Sidonie (macht hinter Hedwigs Rücken Zeichen entrüsteter Abwehr). Pfui, Anton!

Hutterer (wirft einen Blick auf das Bild). O, sapperlot, das is a verbotene, — vom Hausierer. (Steckt es rasch ein, zu seiner Frau.) Es war halt gestern so a bissel lustig ... (Zu Hedwig.) Du willst das Bild nicht sehen! Gut, kriegst es auch nicht zu sehen! (Zu Sidonie.) Es war halt gestern so a Abend ... (Zu Hedwig.) Du nimmst ihn ung'schaut. Punktum!

Sidonie (streng). Na, jetzt laß das Kind erst zu sich kommen.

Hutterer (sehr zahm). Na, wie du halt glaubst, meine liebe Sidi! Ich mein' nur, so stark wird s' doch sein, daß s' ja oder nein sagen kann.

Sidonie. Sie wird's schon sagen. Laß mich nur machen, sie wird ja sagen. Nicht wahr, mein Herzbinkerl? (Schmeichelt ihr). Du wirst a Leben haben als Frau von Stolzenthaler und dabei wirst auch unser' höchste Freud' sein; es kost't dich nur a kleinwinzig's Wörtel. Na, druck die Augerln zu, mach's Goscherl auf und sag ja.

Frey (ist durch das Gittertor getreten und schlägt es jetzt hinter sich zu).

Hedwig (aufschreckend). Nie!

Hutterer. Was?

Sidonie. Aber, Kind!

Hedwig (laut). Ich laß nicht von Robert! (Sieht nach dem Gittertor.)

Sidonie. Hedwig!

Hedwig. Er wird auch mich nicht verlassen! (Wieder mit einem Blicke nach dem Gittertore.)

Hutterer (kommt vor Erregung erst allmählich zu Atem). Das getraust du dir uns, deinen Eltern, gegenüber? — Das muß man sagen, du hast eine saubere Erziehung genossen! — Aber den Menschen hast du in sein Verderben gered't — auf alle Fälle, wie d' dich a besinnst, der muß unschädlich g'macht werd'n, — schau dir 'n in zwei Monaten an, — in kein' Haus, wo ich aus und ein geh', mehr a Lektion!

Hedwig (mit gefalteten Händen). Vater!

Hutterer. Das geschieht ihm! Aus ist's! Und du besinn dich, was du deinen Eltern schuldig bist. Ein' Gehorsam, verstehst? Eltern wissen allemal besser, was den Kindern taugt, und müßt' ich dich zwingen, so würd' ich dich auch zu dein' Glück zwingen. Du sollst es auf der Welt besser haben als wie wir, dafür sollen eben die Eltern sorgen, daß es den Kindern immer um a Stückl besser geht, als es ihnen selber ergangen is. Da an der Stell' hat das vor kurzem noch unser Hausmeister gesagt, und ich werd' doch als Vater nit gegen ein' Hausmeister zurückstehn! Komm, Sidi, lass'n wir s' jetzt gehn. Sie soll sich das ganz alleinig überleg'n. (Geht voraus nach dem Trakt.)

Sidonie. Lieb's Kind, von dem Klavierlehrer kann jetzt keine Red' mehr sein, der Vater ist zu aufgebracht gegen ihn, tu dem armen Menschen nit noch schaden, gib ihn auf, dann wollen wir schon machen, daß das wegen dö Lektionen nur gered't bleibt. Sei gescheit!

Hutterer. Red' ihr nit viel zu. Sie soll von selber darauf kommen.

Sidonie. Sie wird schon gescheit sein.

Hutterer. Ich will's hoffen!

(Beide in den Haustrakt ab.)

Siebente Szene

Hedwig, dann Frey.

Hedwig. Sie wollen mich zwingen zu meinem Glück. Jemanden zwingen, glücklich zu sein! (Legt beide Hände an die Stirne.) O mein Gott, das ist ja ein unsinniger Gedanke!

Frey (sich vorsichtig umsehend, tritt ein und kommt vor). Fräulein Hedwig!

Hedwig. Robert! (Leidenschaftlich mit beiden Händen die seinen erfassend und ihn etwas zur Seite ziehend.) Warum sind Sie weggegangen, als ich Ihnen zu Gehör geredet, mich nicht zu verlassen?

Frey. Konnte mein Dazwischentreten etwas nützen?

Hedwig. In Ihrer Gegenwart hätte ich den Mut gehabt, alles zu sagen, was mir auf dem Herzen liegt.

Frey. Und dadurch wäre der unangenehme Auftritt nur verlängert und verschärft worden.

Hedwig. Wie bedächtig! Robert, ich breche Ihnen den Finger, um Sie aus dieser Gelassenheit zu bringen. Sagen Sie, was nun zu tun ist?

Frey. Sie kennen den Mann nicht genauer, der Ihnen bestimmt ist; ich werde Ihnen denselben schildern, und wenn Sie es dann nicht wissen, was zu tun ist ... (Zuckt die Achsel.) Es ist dies ein Mensch ohne alle Bildung, ohne jede bessere Anlage; seinem Vater rühmt man wenigstens Tätigkeit nach, der Junge aber rührt keine Hand und läßt andere für sich arbeiten, er hat sich nur die Aufgabe gestellt, das Leben zu genießen, und wenn Sie erst wissen, was ihm Genuß ist, dann können Sie nur mehr ein Gefühl für ihn haben, das des Ekels!

Hedwig. O, was Sie auch über ihn sagen mögen, ich glaube Ihnen, ich glaube Ihnen alles! Aber nicht nach ihm habe ich Sie gefragt, was sollen wir beginnen?

Frey. Es ist ein gewagter Schritt, den ich Ihnen vorschlage, aber es ist der einzige und Zeit und Umstände drängen. Hedwig, vertrauen Sie sich ganz meiner Ehrenhaftigkeit an, — laufen Sie mit mir in die weite Welt!

Hedwig. Und wenn das nicht anginge, wenn ich mich gerade dazu nicht entschließen könnte?

Frey. Dann ist unser Schicksal entschieden. Ich habe mich für den Fall entschlossen, sofort wieder zum Militär einzurücken, und die Lektionen, die ich den Rekruten auf dem Exerzierplatze zu erteilen habe, wird mir Ihr Herr Papa nicht streitig machen. (Mit einem Seufzer.) Und Sie, Hedwig, — (Wendet sich ab, kleine Pause.) Wollen Sie Ihre Briefe zurück haben?

Hedwig. Nein! In Ihren Händen weiß ich sie sicher.

Frey. Verbrennen Sie die meinen.

Hedwig. Niemals. Ich behalte sie als ein teures Angedenken auf.

Frey. Tun Sie es nicht. Der Zufall könnte diese armen Blätter einmal ans Licht bringen und Sie ahnen nicht, welche Roheiten Sie dann von dem Manne zu gewärtigen hätten.

Hedwig (an seine Brust sinkend). Robert!

Frey (jubelnd). Hedwig! Du gehst mit mir?!

Hedwig (sich aus der Umarmung lösend). Ich habe den Mut nicht — ich bin nicht leichtsinnig genug.

Achte Szene

Vorige. **Hutterer** und **Sidonie** erscheinen unter der Türe des Traktes.

Frey. Du hast nicht den Mut, den Schein des Leichtsinns auf dich zu laden, um dir ein treues Herz fürs ganze Leben zu gewinnen? O, um aller Heiligen willen, habe nur nicht die Schwäche, dich willenlos ins Elend stürzen zu lassen. Erhalt mir dein Bild rein, laß mich's nicht denken herabgekommen und befleckt durch den steten Umgang mit der Gemeinheit. Hedwig, laß mich ganz aus dem Spiele, gedenke meiner gar nicht, vergesse mich, nur um deiner selbst willen, mit Hand und Fuß und jeder Fiber sträube dich gegen diese unselige Verbindung!

Hutterer (vorstürzend). Ah, bravo, das is schön, ein Kind gegen die eigenen Eltern verhetzen! Sie elender, undankbarer Mensch, ist das der Lohn, daß wir Ihnen in unserm Haus ein Jahr und sechs Monat' Geld hab'n verdienen lassen?!

Frey (wütend). Mißbrauchen Sie doch nicht den geheiligten Elternnamen, Sie opfern Ihre Tochter ja doch nur einer Laune — einer reichen Verschwägerung — Sie schlagen Kapital aus Ihrem Kinde!

Hedwig (ist auf eine Gartenbank gesunken).

Hutterer. Herrr — Sidi, halt mich, sonst geschieht heut noch ein Unglück!

Neunte Szene

Vorige. Schön und Anna haben Eduard, in ihrer Mitte, über den Hof geführt, eintretend.

Schön. Gnä' Herr, gnä' Herr, da is er!

Anna. Da hab'n wir 'n schon.

Schön (halblaut). Ui, da hat's was g'setzt.

(Pause allgemeiner Verlegenheit.)

Hutterer (faßt sich, tritt Eduard entgegen). Ah, freut mich sehr. (Gibt ihm die Hand.) Hochwürden kommen eben recht. (Führt ihn vor.) Bitte, klären Sie meine Tochter auf über die Pflichten, die ein Kind gegen seine Eltern hat! Wir wollen nur ihr Glück — und selbst für den Fall, daß sie das Glück nit für a Glück halt', — geradheraus, ohne Umschweife, — was soll sie tun?

Eduard. Gehorchen und das Glück Gott anheimstellen!

Hutterer. So ist's! Sie sind mein Mann!

(Zwischenvorhang fällt rasch.)

Verwandlung

Verwahrlostes Zimmer, halb Werkstätte, halb Wohnraum. Mitteltüre, eine Seitentüre links, welche offen steht. Im Hintergrunde zu beiden Seiten der Türe Betten, ein solches steht auch an der Wand links neben der Seitentüre. An der Wand rechts Schränke. Im Vordergrunde rechts ein Sofa, davor ein Tisch, links eine Drehbank.

Zehnte Szene

Barbara, Johann, Michel.

Wie der Vorhang aufgeht, ist Johann an der Drehbank geschäftig, Barbara tritt durch die Mitte ein, sie trägt eine große Blechtafel, worauf mehrere Kaffeeschalen und ein großer Hafen stehen, ein Gebäck- körbchen hält sie nebenher zwischen ein paar freien Fingern. Michel ist noch nicht sichtbar.

Barbara. Da is der Kaffee. Herr Johann, hör'n S' vom Arbeiten auf. (Sie stellt das Mitgebrachte auf den Tisch und ruft.) Michel! Setzen S' Ihnen daher, Herr Johann! (Deutet auf das Sofa.)

Johann. O, ich bitt', Frau Meisterin, wie komm' ich dazu — ?

Barbara. Machen S' keine Umstänb', wir sind alle nur Menschen. (Lauter rufend.) Michel, hörst nit?

Michel (von innen). Ja, Meisterin! (Tritt gähnend und sich reckend aus links.) Ah!

Barbara. Hast wieder g'schlafen?

Michel. Ja, und träumt, daß ich Draxler werd'n soll.

Barbara (zu Johann). Es is ein Skandal, der Meister schaut gar nit auf ihn, auf einmal wird sein' Lehrzeit um sein und er wird nix verstehn.

Michel. Das macht nix, die Genossenschaft muß mich doch von der Draxlerei freisprechen — wegen Mangel an Beweis.

Barbara (rückt ihm eine Schale und eine Semmel hin). Den Kaffee tragst hinunter, wenn der Herr da is!

Michel. Da laß ich 'n lieber glei herob'n.

Barbara. Du tragst ihn hinunter, auch wenn der Herr nit da is! (Zu Johann.) Aber greifen S' zu, lieber Herr Johann (rückt ihm den großen Hafen hin), da is das Tröpferl, das Ihnen vermeint is.

Johann. So viel!

Barbara. Greifen S' zu, es kommt vom Herzen.

Michel (beiseite). Die Meisterin muß a groß's Herz haben, wenn so a Häfen Kaffee drin Platz find't.

Barbara. Marschier und bleib gleich unten im Laden, damit man doch nit 'n ganzen Tag 'n Dienstboten alleinig im G'schäft laßt!

2*

Michel. 's könnt' sich ja a d'Meisterin abisetzen.

Barbara. Geht das dich was an, lecker Bub'? 's G'schäft is 'm Meister sein' Sach'. Ich hab' im Haus z' tun.

Michel. Oder d'Fräul'n Pepi.

Barbara. Die hat außerm Haus z' tun.

Johann (seufzend). Ah ja!

Barbara. Jetzt steh mir nit weiter da herum!

Michel. Frau Meisterin, wenn der Herr nit da is, was g'schieht denn nachher mit 'm Kaffee?

Barbara. Kannst 'n selber trinken.

Michel. Vergelt's Gott! (Setzt die Schale an den Mund.)

Barbara. He, was treibst denn?

Michel. A wengerl abtrinken, daß ich nix verschütt', wär' schad' drum; sicher is er mir ja eh'. Küß die Hand, Frau Meisterin. (Geht durch die Mitte ab.)

Barbara (hinter ihm abgehend). Komm mir nit so bald wieder unter die Augen, das sag' ich dir!

Johann (allein). Ja — die Fräul'n Pepi — daß die immer außerm Hause ist!

Elfte Szene

Johann, Barbara, zurück.

Barbara. So, mein lieber Johann. (Setzt sich an das andere Ende des Sofas, streift sich die Schürze glatt.) Aber, Sie essen ja gar nichts!

Johann. Nein!

Barbara. Is er vielleicht nicht süß genug? A Stückerl Zucker? Nehmen S' doch, a Semmerl oder ein Kipferl. Lassen S' Ihnen nix abgehn.

Johann (nimmt eine Semmel). Ich bin so frei, wenn's erlaubt ist.

Barbara. Weil wir just so gemütlich beieinander sitzen, muß ich Ihnen doch sagen, obwohl Sie erst kurze Zeit bei uns sind, hab' ich Ihnen doch was ang'merkt, Sie Schlankl, Sie.

Johann. Was ang'merkt — mir?

Barbara. Na, na, lassen S' es gut sein, junge Leut' sein amal junge Leut' und ich hab's net ungern, wenn s' a G'fühl zeigen. Mein' Pepi sticht Ihnen halt in die Augen.

Johann (würgt an einem ungeheuren Brocken). Uhum.

Barbara. Das is weiter kein' Sünd' —

Johann (lacht verlegen). Hehehe, nein, nein, hehe!

Barbara. Aber a Unsinn.

Johann. Ja, aber warum denn?

Barbara. Mein' Tochter is nix für Ihnen. Erstens tät' 's alle zwei miteinander nix hab'n —

Johann. Nein! Vorläufig —

Barbara. Und dann hat sie ja die Bekanntschaft mit unserm Hausherrnsohn.

Johann (seufzend). Ja!

Barbara. Da muß man halt g'scheit sein. Schau'n S', Johann (vertraulich näher rückend), muß's denn grad so a jung's Flitscherl sein?

Johann (rückt etwas weiter). Wissen S', mir wär's lieber.

Barbara. Das is halt Gustosach', aber wenn's wer mit einem gut meint, so muß man 'n nit nach 'm Taufschein frag'n. — Essen S', lassen S' nix über, die Semmeln dürfen nit überbleiben, wurden ja altbacken. Stecken Sie's ein. (Sie steckt ihm mit der rechten Hand eine Semmel in die rechte Tasche und, indem sie den Arm um seinen Leib legt, mit der linken eine andere in die linke Rocktasche.) So — sehen S' — so!

Johann (bläst).

Barbara. Schau'n S' mich einmal an, Johann.

Johann (hält mit beiden Händen eine Semmel, die er brechen will, über den Hafen). Wenn's die Frau Meisterin schafft. (Wendet sich etwas nach ihr.)

Barbara (näher rückend). G'fall' ich Ihnen gar nit?

Johann (läßt vor Schreck die Semmel in den Kaffee fallen). Ah! (Springt auf und blickt in den Hafen.) Da ist mir jetzt die ganze Semmel ...

Barbara (hat sich gleichfalls erhoben). Is ja kein Unglück. Werden s' gleich wieder herausfischen, wo schwimmt s' denn? (Sie steht neben ihm, hat die Linke um seinen Leib gelegt, ihr Gesicht dem seinen ganz nahe gebracht und schlägt ihn jetzt mit der Rechten auf die Wange.) Johann!

Johann (reißt sich los). Loslassen! — Potiphar! — Verstanden? Wissen S', ich bin ein katholischer Gesell'! Lieber

ungegessen ins Himmelreich, als mit allen Taschen voll
Proviant in b'Höll'! (Zieht eine Semmel nach der andern heraus
und wirft sie ihr vor die Füße.) Da, — da.

(Es wird außen geläutet.)

Barbara (klaubt die Semmeln auf). Ja, ja, komm' gleich.
(Wirft das Gebäck ins Körbchen, mit einem zornigen Blick auf Johann.)
So ein dummer Mensch is mir noch nit vorkommen! Was
glauben S' denn von mir? (Wütend ab.)

Johann. So was is mir noch in keiner Arbeit passiert.

Zwölfte Szene

Johann, Barbara, Stolzenthaler, Josepha.

Barbara (läßt Josepha und Stolzenthaler eintreten und bleibt noch
außen). Geht's nur hinein, Kinder. Es will schon finster
werden, ich mach' uns nur ein Licht.

Josepha (in teuerem, aber nicht geschmackvollem Putz). Herr Johann!

Johann (hinzueilend). Da bin ich, Fräul'n Pepi.

Josepha (nimmt Hut und Tuch ab und gibt ihm beides). Da, —
legen S' mir's auf mein Bett.

Johann (geht mit den übergebenen Gegenständen Seite links ab
und kehrt gleich wieder ohne dieselben zurück).

Josepha (läuft, wie sie abgelegt hat, sofort nach dem Sofa, läßt
sich in den Sitz fallen und stützt den Kopf in die Hand).

Stolzenthaler (ein junger Mensch, ebenfalls ohne Geschmack geputzt,
die Hand voll schwerer Ringe, eine auffallende Uhrkette, zwischen den
Zähnen eine kostbare, aber sehr massive Zigarrenspitze; er kümmelt sich
über den Tisch und spricht über selben zur Josepha). Weißt, Mauserl,
ich kann mir schon denken, wie dir is, denn solchene, wie
ich bin, rennen wenig in Wean herum. Aber nur a Einsehn und kein' Flehnerei, dös verträgt unsereins net.

Barbara (kommt mit einer Lampe, die sie auf den Tisch stellt).
Machen Sie's nur aus, Herr von Stolzenthaler, wann s'
etwa dalket war. — Wie schaust denn du aus? Du hast
ja g'weint.

Stolzenthaler. Weil s' a fad's Ding is, drum hab' ich
s' a heut früher als sonst heimg'führt.

Barbara. Was war denn wieder?

Stolzenthaler. Na ja, Frau Mutter, alles, was recht is, es war schon a Schub! Aber ich bin a aufrichtiger Kerl, ich hab' ihr's doch früher sagen müssen, eh' ihr's fremde Leut' zutragen. Mein Alter will mich verheiraten und da ich ihm schon mehr zu Trutz als z' G'fallen tan hab', so hab' ich da net nein sagen mögen. Is a wieder a Ab= wechslung und a Abwechslung muß der Mensch hab'n, sonst wird 's Leben öd'.

Barbara (neugierig). Wer is denn die Braut, wenn man's wissen därf?

Stolzenthaler. Die Hutterische von daneben.

Barbara. Die is sauber und ihre Leut' sein reich.

Stolzenthaler. No, mit einer andern hätt' mir mein Alter a nit kommen dürfen.

Josepha (weint in ihr Sacktuch).

Stolzenthaler. Da hör'n S' Ihnen dös an. Es kann ja ein' Menschen recht sein, daß mer ihm merken laßt, mer weiß, was er für a Mensch is, aber mit einer Handvoll davon hat man g'nug, auf die Dauer wird dös langweilig.

Barbara. Pepi!

Josepha (weinend). Ich laß mir's nit verbieten, von nie= mandem, von ihm schon gar nit, ich kann weinen soviel ich will.

Johann (aus Mitgefühl ebenfalls weinend). Das wird der Fräul'n Pepi doch erlaubt sein?

Stolzenthaler. Ui jegerl, jetzt fanget noch eins zum Musi= zier'n an, ah, da wird's mer doch zu unterhaltlich. (Nimmt seinen Zylinder — Stößer — vom Tisch, drückt ihn schief auf den Kopf.) Gute Nacht, Frau Mutter! (Geht, eine eben gäng und gäbe Melodie pfeifend, durch die Mitte ab.)

Barbara (steht bei Josepha). Gute Nacht, Herr von Stolzen= thaler!

Dreizehnte Szene

Vorige ohne Stolzenthaler.

Barbara. Aber Pepi, was hast denn?

Josepha (aufspringend und durch das Zimmer laufend). Frag'n S' doch nit! Ich soll mich etwa nit kränken? Zwei Jahr' geb' ich jetzt mit dem Menschen, hab' alle seine schrecklichen

Launen ertrag'n, weil ich denkt hab', wenn er sich g'wöhnt,
so nimmt er mich am End' doch und ich wurd' glücklich
und Hausfrau und könnt' alle andern auslachen.

Barbara. Dös hast du glaubt? Für so dumm hätt' ich
dich nit g'halten.

Josepha. Und Sö, Mutter, hab'n's im voraus g'wußt,
daß's so kommt?

Barbara (wie selbstverständlich). Aber, Kind . . .

Josepha. Und da haben Sie ihn ins Haus lassen?

Barbara. Hab' ich 'n Hausherrnsohn aus der Wohnung
weisen können, wo wir dreiviertel Jahr Zins schuldig war'n?

Josepha. Deswegen hätten S' mich doch unter d'Augen
b'halten können, nit, daß S' Landpartien mitmachen, mit
bö andern im Wirtshaus sitzen bleiben und uns allein
herumlaufen lassen.

Barbara. Aber, lieb's Kind, wenn man die Leut' braucht,
darf man sich mit ihnen nit verfeinden, da muß man schon
a Aug' zudrucken, und du bist a jung und lustig, verlangst
dein Vergnügen und ein bissel ein' Putz, das hätt'n mer dir
net beschaffen können und zu keiner Arbeit bist net erzog'n.

Josepha. Und warum — warum bin ich denn zu keiner
erzog'n?

Barbara. A harte hätt' sich für dich nit g'schickt und was
Fein's konnt' mer dich nit lernen lassen, hätten überhaupt
keine Not gehabt und könnten anders dastehn, hätt' der Mann
net allweil Geld aus 'm Haus trag'n. Dein Vater, der is
an allem schuld.

Josepha. Was hab' ich jetzt davon? Das G'setzwerk und
der G'schmuck werd'n bald versetzt oder verkauft sein, ich steh'
da als a arm's verlassen's G'schöpf, das nix hat als a üble
Nachred' und um das sich kein Mann mehr umschaut.

Barbara. Gehst denn nit! Dir werd'n noch g'nug kommen.
So a Madel, wie du eins bist, dös mag sein wie's will,
und is noch allweil für kein' z'schlecht! Aber wenn dir gar
so um ein' Mann is . . . Muß's gleich sein? . . .

Josepha. Lassen S' mich mit Fried'!

Barbara. Im Ernst, da hätt' ich ein' bei der Hand,
dürfst nur zugreifen.

Josepha. Möcht' wissen, wer?

Barbara. Dreh dich nur um! (Wendet sich gegen Johann.)

Johann (hat Gegenstände, die teils auf, teils neben der Drehbank lagen, aufgegriffen und in Ordnung gebracht, — zuckt erschreckt zusammen). Aber Meisterin! — (Steht mit gebogenen Knieen, hat die Oberarme an den Leib gepreßt und Unterarme und Hände quer über der Brust liegen.)

Josepha (in fröhlichen Leichtsinn umschlagend). Unser Johann? Hahaha! (Sie gibt ihm einen leichten Backenstreich.) Tschapperl!

Barbara. Hahaha!

Johann (stimmt dumm in das Gelächter der beiden ein). Ja — hehe — ja, he!

Vierzehnte Szene

Vorige. Schalanter und Martin, durch die Mitte.

Schalanter. Hallo, da geht's ja lustig zu! Da sein mer.

Barbara. Na, kommt's endlich daher? Was is's denn?

Schalanter (zeigt auf das Rekrutensträußchen, das Martin am Rocke trägt). Siehst es nit? B'halten hab'n s' ihn. Natürlich. Net werd'n s' 'n b'halten, wie der a Bursch is?

Barbara (nähert sich Martin und hält dabei die Schürze für etwaige Tränen in Bereitschaft). Mußt also richtig von uns fort, Martin?

Martin. Ja, aber tu sich b'Frau Mutter deswegen net 's neuche Schürzel naß machen. 's zahlet sich net aus.

Barbara. Kommt's bir denn nit hart an, daß b' von deine Leut' weg sollst?

Martin. Ewig kann mer sowieso net auf der Welt beieinander bleiben. Was anders wär's, wenn s' uns weitmächtig von der Weanerstadt, weiß Gott wohin, verlegen täten; aber so bleib'n wir ja vorläufig da.

Barbara. Na, hast recht. Und wer weiß, wozu 's gut is, daß b' amal von dein' Vater fortkommst?!

Schalanter. Weil vielleicht bei dir 's Madl so gut aufg'hob'n is?! (Zu Johann.) Aber was machen denn Sö noch da, Johann, nach 'm Feierabend? Gehen S' in ein Wirtshaus, daß S' auch a Mensch werd'n!

Johann (wechselt den Rock, nimmt später den Hut. Beide hängen an einem Haken an der Wand links).

Schalanter. Laßt's euch erzähl'n! Wir sein von die ersten g'wes'n, dö dran kommen sein. Nur ang'schaut hab'n s' ihn, den Martin, gleich hat's g'heißen: Der Mann wird genommen. Den Mann nehm' ich zu mein' Regiment. Ein völlig's G'riß war um ihn. Ich hab's allweil g'sagt und ich bleib' dabei, der bringt's zu was. Dazu hat er 'n Verstand und die Reschen und mehr braucht er nit. Meine Bikennten hab'n mir's übelg'nommen, daß ich ihn mit der Volksschul' hab' aufhören lassen und nit in die Realschul' geschickt, ich hab' drauf g'sagt: a Esel wird nit g'scheiter und wann er gleich auf 'n Doktor studiert, für ein' findigen Kopf aber is die Volksschul' in b' Haut hinein g'nug. Das wird sich auch da weisen. Ein' Geist braucht's halt, ein' Geist und a Kuraschi! Was hilft's denn, wenn ich noch soviel weiß und noch so schön reden kann, deßt'weg'n kann doch jeder mit mir auf Mord und Brand dischpatier'n, laß ich ihm aber, wo der G'spaß aufhört, ein' Deuter zukommen, dann gilt, was ich sag'.

Johann. Ich empfehl' mich! (Geht Mitte ab.)

Schalanter. B'hüt Ihner Gott! Den Menschen kann ich nit leiden, wenn er nit wie a Vieh bei der Arbeit alles z'samm'reißet, er wär' bei mir net dö vierzehn Tag' alt word'n, die er da is.

Josepha (zu Martin). Hast du a Freud' zum Soldaten?

Martin. A Freud'? Hat schwerlich einer, wo a Muß dabei is.

Schalanter. Mach dir nix draus. (Klopft ihm auf die Achsel.) Da steht einer, aus dem noch was wird, dazu is er der Bursch, sagt's, ich hab's g'sagt. (Zu Barbara.) Aber jetzt, Waberl, tu dich um! Auf das viele Trinken wird man nur noch durstiger und 'n ganzen Tag hab'n wir nix zum Beißen g'habt, also schaff was her!

Barbara. Ich hab' kein Geld.

Schalanter. Kein Geld?!

Barbara. Hast ja kein's da lassen.

Schalanter. Da lassen werd' ich noch eins! Leerst du mir nit 's Geldladel aus, wenn ich nur ein' Schritt aus 'm G'wölb' mach'?

Barbara. Heut is nix eing'gangen.

Schalanter. Nix eing'gangen wär' heut? Gut, nimm's nur auf dein G'wissen! Je mehr du uns herunterbringst, nimm's nur auf dein G'wissen! Wenn du dein' Kind den heutigen Tag verderben willst, so muß halt ich mich opfern. Da — (wirft eine Brieftasche auf den Tisch) — ich hab' eine Lieferung übernehmen woll'n — da liegt die Kaution, gut, ich reiß' sie an. Brauch' die Lieferung gar nit. Der heutige Tag is mir heilig. (Gibt Barbara eine Banknote.) Nimm und hol ein' Wein und was zu essen — was Gut's, bitt' ich mir aus! A Tag, wie der heutige ...

Barbara. Ich bitt' dich gar schön, du tragst dein Geld ins Wirtshaus, als hätten wir jed's Jahr dreihundert= fünfundsechz'g Bub'n und alle Tag Assentierung. (Wendet sich zum Gehen.)

Schalanter. Du! (Auf das Kaffeegeschirr zeigend.) Das könnt'st wohl mitnehmen.

Barbara (nimmt das Geschirr vom Tisch). Geniert's dich?

Schalanter. Ja, weil ich a Ordnung verlang'! Matz will ich heißen, wenn das nit schon zwei Stunden am Tisch steht.

Barbara. Ja freilich. (Durch die Mitte ab.)

Schalanter (läuft zur Mitteltüre, reißt sie auf und ruft hinaus). Mußt 's letzte Wort hab'n?!

Barbara (von außen). Matz!

Josepha (geht kurz danach links ab und kehrt erst beim Eintreten der Herwig zurück).

Schalanter. Nur 'n Fuß darf man ins Haus setzen, so muß man sich schon ärgern und da trau'n sich die Leut' mir was nach z'sagen, weil ich lieber auswärts bin! Ja, wann dös Hauswesen a Hauswesen wär', aber schau nur amal, wie's d'r da ausschaut, — kein' Ordnung und kein Geld vorhanden. Wenn das Hauswesen g'führt word'n wär', hätt' man am Madel nit die Schand zu erleben braucht und du hättst nit not, drei Jahr 'n Schießprügel z' schleppen, den einjährigen Freiwilligen hätt's uns auch noch trag'n. Aber, wer is an allem schuld? Dein' Mutter, an allem!

Martin (wirft sich lässig auf das Sofa). Streiten S' nur nit wieder mit ihr, wenn s' zurückkommt. Dö paar Tag', die ich noch frei bin, will ich a Ruh' hab'n.

Schalanter. Und weil du a Ruh' hab'n willst, soll ich kein Wort reden dürfen?

Martin. Gegen 's Reden hab' ich ja nix, nur gegen 's Streiten. D'Nachbarschaft wird sich auch nit ängstigen, wenn f' uns a Weil' nit hört, und wenn i fort bin, können Sie's ja wieder einbringen, aber bis dahin leid' ich's nit.

Schalanter. Du willst's nit leiden? Ja, wer is denn eigentlich der Herr da zwischen dö vier Mäuern, ich frag', wer?

Martin. Na, fangen S' etwa gar mit mir an.

Schalanter. Mit dir? Fallet mir ein! Sein wir uns gleich? Darfst du dir a Antwort gegen mich herausnehmen? Wär' schön! Mit dir hab' ich, Gott sei Dank, noch anz'schaffen! Streiten werd' ich mich mit dir! Wer bist denn du gegen meiner, dummer Bub'!?

Martin (fährt empor, mit zornfunkelnden Augen). Was hab'n S' g'sagt? (Schiebt den Tisch von sich und tritt auf Schalanter zu.)

Schalanter (zurückweichend). Na, na — ich hab' mich halt vergessen — ich weiß schon, daß man das nit zu dir sagen darf.

Martin. So sag'n Sie's a nit, das därf mir niemand sag'n! Das hab' ich schon vor Jahren nit g'litten.

(Es klopft.)

Fünfzehnte Szene

Schalanter, Martin, Josepha, Herwig.

Herwig (altes, ärmlich gekleidetes Mütterchen, geht mit einem Stock, tritt durch die Mitte ein). Guten Abend!

Josepha (von links zurück).

Schalanter (beiseite). Ui, die Schwiegermutter! (Laut.) Guten Abend! Sö entschuldigen schon, ich muß a bissel Luft schöpfen. (Geht durch die Mitte ab.)

Herwig. Lassen S' Ihnen nit abhalten — ich komm' nur wegen die Kinder. (Geht nach vorne.) Grüß eng Gott! (Droht Martin mit dem Finger.) Dich hab' ich bis in die Kuchel hinaus schreien g'hört, Gifthahn.

Josepha (setzt einen Stuhl in die Mitte der Bühne).

Herwig. Ich dank' dir, Pepi. (Setzt sich.) So, da habt's wieder die Alte und jetzt laßt's mit euch reden. — Wie's

noch klein wart's, da bin ich da im Haus g'wesen und hab'
euch aufwachsen g'sehn. Wenn fremde Leut' alle Unarten
von die Kinder lieb finden, so ist das eine Gustosachen,
wenn's aber die eigenen Eltern tun, so is das a Malör. —
Es war a Malör. — Man hat von euch so wenig wie
von andere Kinder sagen können, daß's ös amal schön und
g'scheit werden müßts, aber ös all' zwei seids aufzog'n
word'n, (deutet auf Josepha) du als die Schönste (auf Martin
weisend) und der als der G'scheiteste! So ist mit eng a
Stolz herangewachsen, der gefährlichste, der, der selber nit
weiß, auf was und warum. Ich hab' g'nug dageg'n g'red't
und hätt' a nit aufg'hört damit, bis's eng amal z'wider
word'n wär' und ihr doch danach tan hätt's, es is aber
früher euern Eltern z'wider word'n und es hat g'heißen:
Hört's net auf die Alte! Na, da hat die Alte ihr Sacherl
g'nommen und is gangen, reden hätt' s' nix sollen und
ruhig zuschau'n, das war ihr net gegeb'n. Sie war halt a
Großmutter, die Alte. (Stampft mit dem Stock bekräftigend auf.)
Dann bin ich erst wieder kommen — wie ös schon die
Kinderschuh' vertreten g'habt habts — nachschau'n, was aus
Euch word'n is. Ich hab mir g'nug g'sehn. Du bist schön
word'n, aber noch lang' nit die Schönste, und du warst
net dumm, aber nach lang' nit der G'scheiteste. Dös habts
ös a ganz gut verspürt, aber keins hat sich's eing'stehn
woll'n. (Zu Josepha.) Mit ein' ehrlichen G'werbsmann hättst
du dich nit verkünden lassen — wohl aber ausrichten mit
ein' Hausherrnsohn. (Zu Martin.) Und du bist gleich blind=
wütig über jeden herg'fall'n, der nur mit ein' Wörtel den
großen Herrn beleidigt hat, der du ganz einwendig vor dir
selber warst. Der nämliche Stolz, von dem ich vorhin g'red't
hab', hat das eine von euch zum Leichtsinn, das andere zum
Jähzorn bracht. Dich, Pepi, hab' ich damals gleich 's erste=
mal g'warnt: Laß dich auf die Landpartien nit ein, bleib
brav! Und 'm Martin hab' ich g'sagt: Die Leut' wissen
ja weiter nix von dir, als daß du nebenher ein Wirtshaus=
bruder und ein Raufhansl bist und darauf brauchst dir just
nit viel einz'bilden, überheb' dich net! Aber da hat's wieder
g'heißen: Hört's nit auf die Alte! — Na und so hab'n wir

fich halt in euere Kindertäg'n öfter g'red't, spätere Zeit weniger
und dasmal dürft' wohl 's letztemal fein! Ich bin kommen,
weil ich g'hört hab', daß f' dich zum Militär nehmen und
(zu Josepha) daß zwischen dir und 'm jungen Stolzenthaler
alles vorbei is.

Martin. Also doch einmal? — G'schieht dir recht.

Herwig. Sei nit schadenfroh, Martin. — Ich komm',
weil ich's für mein' Pflicht halt, ich komm' — und wenn's
auch gleich wieder heißt: Hört's nit auf die Alte! — um
euch zu sagen: Kinder, es is jetzt Gelegenheit und die höchste
Zeit, daß's g'scheit werd'ts! Ös habts mir schon viel Sorg'
g'macht und manche schlaflose Nacht kost't, ös wißt's ja nit,
was der Leichtsinn und der Jähzorn aus ein' Menschen
machen können! (Sie erhebt sich.) Ich bitt' euch mit auf-
g'hobenen Händen, daß ich mir noch Gut's von euch auf
der Welt erhoffen kann, werd't's g'scheit! (Tritt zu Josepha.)
Schau, Pepi, mein lieb's Kind, du bist jetzt wieder frei ledig.
Du warst jung, so viel jung und unbehüt' — viel schlimmer
noch — ich will's nit bereden — laß dich jetzt auf kein
so zweites Stückl ein, das eine verzeiht man dir, wann's
dein einzig's bleibt, nach ein' zweiten möcht' man sich schon
besinnen, weil man fürcht', das Verzeihen und die Leicht-
fertigkeit könnten fortdauern, daß kein Herrgott für a End'
ftünd', und du selber nit. Sei g'scheit, und wie damal sag'
ich dir: bleib brav! (Wendet sich an Martin.) Und du, Martin,
mein lieb's Enkelkind, du kommst jetzt unter lauter fremde
Leut', zum Militär, und da tragt man zwar Handschuh',
aber nur zur Paradi, hab' ich mir sagen lassen, und für
g'wöhnlich faßt mer kein' mit zarte Händ' an. Denk, wohin
dich der Zornteufel bringen könnt', wenn du dich für besser
halten möcht'st, als die andern? Du hast's nit Ursach'.
Schau, wie dich dein Vater vorhin hat ein' dummen Bub'n
g'heißen, meinst wirklich, damit beweist man, daß man a
Mann und g'scheit wär', wenn man herumschreit wie a
Wildling!? Drum sei g'scheit, Martin, wie damal sag' ich
dir: Überheb' dich nit. (Alle find unterdem etwas rückwärts gekommen, sie trippelt nach der Tür, wo ein Weihwassergefäß hängt, sie
macht Josepha das Zeichen des Kreuzes auf die Stirne.) So, Pepi!

(Sie geht zu Martin.) Bei dir reich' ich nit so hoch. (Sie macht ihm das Kreuzeszeichen auf die Brust.) So. Und jetzt b'hüt euch Gott! Seids g'scheit, Kinder — seids g'scheit. (Ab durch die Mitte.)

Martin (langsam vorkommend). Du. Pepi!

Josepha. Ja!

Martin. Ich weiß nit, ob's gut war, daß die Groß= mutter von uns Kindern fortkommen is!

Sechzehnte Szene

Martin, Josepha, durch die Mitte treten Schalanter und Barbara ein, welche Weinflaschen und Schüsseln mit Speisen tragen.

Schalanter. Mir sein da! Die Predigt habt's überstanden, jetzt könnt's euch drauf stärken.

Barbara (ordnet Geschirr und Gläser auf dem Tische). Ich weiß ja, wie die Mutter is, nach der müßt' das Mahl so heilig tun wie a Klosterfrau.

Schalanter (füllt die Gläser). Und der Martin wie a Kar= täuser und Duckmauser. Mein Gott, 's is a alt's Weib, das sich in der heutigen Welt gar nimmer auskennt.

Schalanter und Barbara. Hört's nit auf die Alte!

Martin und Josepha (sehen sich an und müssen lachen).

Schalanter. Os braucht's niemand zu g'fallen, als euern Eltern. Laßts euch nit irr machen. (Zu Martin.) Du bist allweil wer, a wenn d' nix bist, noch allweil mehr als die andern! (Auf Josepha.) Und wenn die will, kann s' heut noch a Volkssängerin werd'n, a Stimm' braucht s' nit, nur um die Text' handelt sich's und um a Erfahrung, daß man s' zur Geltung bringt. — Ang'stoßen, daß ma a Freud' an unsern Kindern erleb'n. (Singt.) Hoch soll'n sie leben, hoch soll'n sie leben, dreimal hoch!

(Das Orchester nimmt die Melodie auf.)

Alle (stimmen ein und stoßen an. Das Glas Martins bricht in Scherben).

(Der Vorhang fällt rasch.)

(Das Orchester bringt den schrillen Klang des zersplitternden Glases und knüpft daran gleich die Zwischenaktsmusik.)

————

Zweiter Akt

Kurzes Theater. Prospekt: Die Fassade eines Landhauses, Hochparterre. — Ein kleiner Vorgarten durch ein Gitter abgeschlossen, in dessen Mitte das Tor, vor dem Gitter — etwa zwei Kulissen Spielraum — ein Gehweg, der durch Gebüsch führt, und zwar von rechts aus dem Gebüsche, so daß dieses hinter dem Wege, nahe dem Gitter liegt, links sich im Gesträuche verlierend, so daß dieses im Vordergrund sich befindet und den Pfad deckt.

Erste Szene

Schön, Anna und Eduard kommen von rechts.

Anna. Das muß die Stolzenthalerische Villa sein!

Schön. Ja, der Beschreibung nach, denk' ich schon selber.

Anna. Wie schön 's da is! Na, da hat er halt doch recht g'habt, unser hochwürdiger Herr Sohn.

Schön (brummend). Unser hochwürdiger Herr Sohn. Unser Bub' is', unser Eduard.

Anna. Das sind keine Ausdrück', einem hochwürdigen Herrn gegenüber. (Zu Eduard.) Das mußt du deinem Vater untersag'n.

Schön. Untersag'n? Das tät ich mir ausbitten. Möcht' wissen, ob er das amal von seine Kinder leid't? Ja so, nun, nix für ungut, Eduard.

Anna. Aber ich leid' es einmal nit, schon der Leut' wegen.

Schön. Wo sein denn da ein'?

Eduard. Aber, herzliebe Eltern, wie mögt ihr euch um so was streiten!? Der einzige Grund, der mich's bereuen ließe, daß ich diesen Stand gewählt, wäre ja der, wenn ihr über das Kleid euer Kind vergessen könntet.

Schön. Ah, dös is a Red'! Da hörst es.

Anna. Weil er zu nachsichtig ist.

Schön (auflachend). Hahaha!

Eduard (ebenfalls lachend). Aber Mutter!

Anna (beleidigt). Na ja — na — das hat man davon, wenn man sich für deine Ehr' annimmt. — Ich bitt', nimmt das G'lachter nit bald a End'?

Schön (zu Eduard). Da muß man schon nachgeb'n, es geht nit anders. (Zu Anna.) Also, worin hat er denn recht g'habt, unser hochwürdiger Herr Sohn?

Anna. Siehst es, wie schön sich das macht, wenn du so sagst?! — Unser hochwürdiger Herr Sohn hat recht g'habt, daß er der Frau Stolzenthaler — wie s' noch a Fräul'n war — g'sagt hat, sie soll gehorchen und ihr Glück Gott anheimstellen — ja. Net von dö Stadthäuser und dem wunderlieben Landgut red' ich — aber jetzt, wo das Kinderl auf der Welt is, wird sie schon selber einsehn, daß auch das Glück da is!

Schön. Wir wollen's hoffen!

Anna. Schau'n wir jetzt a bisserl hinein. (Geht an das Tor, zieht an der Klingelschnur; eine helltönende Hausglocke läutet.) Hörst, das is ein anderer Ton als von unserer Hausglocke; die hört man schon schwer vor lauter Alter.

Schön. Ja freilich, hör'n wir's schon schwer vor lauter Alter, aber dran is die Glocken nit schuld, hehe!

Zweite Szene

Vorige. Beller.

Beller (erscheint hinter dem Gitter; er trägt einen Rechen über der Schulter). No?!

Anna. Sein S' so gut —

Beller. Is eh' offen!

Anna. Das is doch die Stolzenthalerische Villa?

Beller. Ja!

Anna. Is die gnädige Frau z' Haus?

Beller. Na!

Anna. Vielleicht der gnä' Herr?

Beller. Na!

Anna. Wer denn nachher?

Beller. I!

Anna. Dann sein S' so gut und richten S' a Emp-

fehlung von uns aus; sag'n S' nur, von de alten Schöni-
schen, und es is uns auch auftrag'n word'n, ein' Besuch
von der gnädigen Frau ihren Herrn Eltern anz'sagen, sie
kommen heut heraus. Versiehen S'?

Beller. Ja!

Anna. Net vergessen!

Beller. Na!

Anna. A Empfehlung von uns und die Herrn Eltern
kommen heut —

Beller. Wollen S' noch was?

Anna. Nein!

Beller. Adjes! (Verschwindet hinter dem Gitter.)

Dritte Szene

**Vorige ohne Beller, hierauf von rechts Schalanter und Martin,
letzterer in Infanterie-Uniform.**

Schön. Schad', daß er schon gangen is, er red't zwar nit
viel, aber recht a freundlicher Mensch!

Anna. Na, da gehn wir auch. Tut mir leid. Das
Kinderl hätt' ich so viel gern g'sehn.

Schalanter. 'schamer Diener!

Martin (bietet Eduard die Hand). Ah, grüß dich Gott, Eduard!

Eduard. Grüß Gott, Martin!

Martin. Na, wie geht's dir denn in dem G'wand?

Eduard. Ich bin zufrieden.

Martin. No is recht, ich könnt' das von meiner Kluft
net sagen. Na, es g'freut mich, daß ich dich doch amal troffen
hab' und daß du net zu stolz bist, mir d'Hand zu geben.
Ausg'wichen bist mir eh', wo du können hast. Is net schön,
grad auf dich hab' ich 's meiste g'halten von meine Schul-
kameraden. Hast mir wehtan damit.

Eduard. Martin, es ist schwer mit dir umzugehen, besonders wenn du meinen Stand bedenkst.

Martin. Na ja, dafür, daß ich nix bin, bin ich dir halt
z' laut, gelt? Du hast g'studiert und gute Zeugniss', aber,
mein Lieber, wenn man a nit g'studiert is und keine Zeugniss' aufzuweisen hat, so bleibt mer doch a Mensch! Manchem

taugt halt das Büffeln und scheuche Wesen net, daß mer
aber a ohne Studieren und ohne Zeugniss' wer sein kann,
das werd' ich noch beweisen.

Eduard. Martin, was stellst du dir denn eigentlich unter
einem solchen Beweis vor?

Martin. Ah, dös is gut, das fragst mich jetzt? Da
wird sich schon a Gelegenheit schicken, das muß von selber
kommen.

Eduard. Ich wünschte nur, es käme bald.

Anna. Aber gehn wir, Kinder, gehn wir!

Schalanter. Na, na, is's denn gar so eilig? Warten S'
noch a wengerl, so kommt mein Weib nach und unser Madl,
dös sich für' n heutigen Tag frei g'macht hat, vielleicht bringen
s' noch a paar lustige Geister mit und dann könnten wir
miteinander ...

Anna. Wir danken recht schön, aber wir können net
bleiben, wir müssen gehn.

Schalanter. Bitt', wie's gefällig is. Ergebener Diener!
Küß die Hand, Hochwürden!

Schön. B'hüt Gott!

Martin. Servus, Eduard!

Eduard. Leb wohl!

(Schön, Anna und Eduard links ab.)

Vierte Szene

Schalanter und Martin.

Schalanter. Seit der Hausmeisterbub' in der Kutten steckt,
wissen sich die Alten vor Stolz gar nimmer aus! Hast
schon recht g'habt, daß b' ihm das g'sagt hast vom Studier'n
und von die Zeugniss'.

Martin. Aber Vater, jetzt lassen S' mit Ihnen reden.
Aus dem, was S' im Hergehn g'sagt hab'n, bin ich mir
nit g'scheit word'n. Was is eigentlich mit Ihnern G'schäft?

Schalanter. No, nix is's. Aufgeb'n hab' ich's. Seit 'm
letzten Zins is 's G'wölb' g'sperrt. Erst is mer der Lehr-
bub' von seine Eltern wegg'holt word'n, — die dummen
Leut' hab'n g'sagt, er lernet bei mir nix. So gut trifft er's

3*

gar nirgends mehr! Wer weiß, wo er sich jetzt überarbeiten
muß! Na, und dann hab'n wir den G'sell'n weggeb'n.

Martin. 'n Johann?

Schalanter. Ja, und weil uns keiner mehr hat einstehn
woll'n, so hat sich die G'schicht' von selber aufg'hört.

Martin. Aber warum hab'n S' denn 'n Johann weggeb'n, der für alle Arbeit alleinig aufkommen is?

Schalanter. Na ja, das hab' ich selber allweil g'sagt, daß
er arbeit't wie a Vieh, aber auf einmal — bald danach,
wie die Pepi und der Stolzenthaler auseinander waren —
fangt er an, gleich um die Hälfte weniger zu arbeiten; no,
ich hab' da kein Arg g'habt und von mir aus hätt' er's a
mit der Hälfte richten können, aber dein' Mutter hat mir
gleich in derer Sach' a Licht aufg'steckt. Der Mensch wär'
dir in das Madel ganz verschameriert g'wesen und dö hätt'
a schon ang'fangt, sentimentalisch z' werd'n. D'Mutter hat
die Pepi gleich z'samm'packt und in eine lustige G'sellschaft
bracht und ich hab' 'n Herrn Johann expediert.

Martin. So? Und von was lebt's denn ös jetzt?

Schalanter. Na weißt, wie der Michel und der Johann
amal fort waren, da hab'n wir auch den Dienstboten weggeb'n, es sein da a Menge Nester leer g'standen, auf die
haben wir Bettgeher aufg'nommen, mitunter find't sich doch
so a Kleinigkeit zum Drechseln, da stell' ich mich halt dazu
und fürs andre muß die Alte sorg'n.

Martin. Die Mutter? Ja, woher nimmt's denn die?

Schalanter. Was weiß ich? 's Madl hat, glaub' ich, so
ein' guten Verdienst.

Martin. Was denn für ein'?

Schalanter. Wie ich hör', in ein' Kaffeeschank.

Martin. In ein' Kaffeeschank? Na, auf dös Madl dürft's
euch net viel einbilden, dö macht euch kein' Ehr'!

Schalanter (eifrig). Ja, mein lieber Martin, mit den nämlichen Worten hab' ich das schon mein' Weib g'sagt.

Martin (hat nach rechts gesehen). Sö, Vater, da kommt einer,
dem ich net gern begegnen möcht'.

Schalanter. Der Soldat?

Martin. Ja — und allweil mit'n Büchel in der Hand, der Fabian. Mein Feldwebel is's, über den ich euch schon oft klagt hab' wegen seiner Sekatur beim Exerzier'n und seine Rapport, bö mir ein' Straf um die andere einbracht und mein' ganze Konduit' verschandelt haben. Gehn wir auf d' Seit', bis er sich wieder verloren hat. Tät' mir leid, wenn ich vor dem Kerl die Hand zum Gruß heben müßt'.

Schalanter. Wird a noch a Zeit kommen, wo er's gegen dich wohlfeiler gibt. Wird schon noch werd'n.

(Beide sind unterdem hinter das Gebüsch rechts getreten.)

Fünfte Szene

A tempo treten auf von links Hedwig, hinter ihr Resi, mit einem Kinde im Deckchen auf dem Arme, — von rechts Frey, in die Lektüre eines Buches vertieft; er trägt eine gleiche Uniform wie Martin, aber mit den Distinktionszeichen eines Feldwebels.

(Gerade wie Hedwig am Gittertore anlangt, tritt Frey vor dasselbe.)

Frey (nur halb aufblickend, bemerkt, daß er einer Dame den Weg verstelle). Entschuldigen! (Tritt zurück.) Bitte!

Hedwig. Herr Frey!

Frey (läßt die Hand mit dem Buche sinken). Oh, Sie sind's, gnädige Frau?

Hedwig. Wollten Sie zu uns?

Frey (kopfschüttelnd). Man sucht nicht, was man zu meiden hat.

Hedwig. Es wird ein Jahr her sein, seit wir uns nicht gesehen. Wie geht es Ihnen?

Frey. Danke, leidlich.

Hedwig. Leidlich. (Kleine Pause.) Sie fragen nicht, wie es mir ergeht?

Frey (sie anblickend). Nein!

Hedwig. Sie haben recht. Ich bin ja die reichste Frau vom Grund! Wie kann ich mich anders fühlen als glücklich? Ich bin auch Mutter geworden. Resi, komm her!

(Das Dienstmädchen tritt heran. Hedwig schlägt den Schleier des Kindes zurück.)

Frey. Es ist ein sehr — sehr zartes Kind und etwas — bleich.

Hedwig (den Schleier wieder überbreitend, herb). Krank! (Zu Resi, indem sie ihr das Gittertor öffnet.) Trag es ins Haus und lege es in die Wiege.

Reß (mit dem Kinde durch das Gittertor ab).

Hedwig. Sie haben es gesehen, das kleine, arme Ding! Man sagte mir, sein Vater habe zu viel gelebt, als daß für das Kind etwas überbliebe; es wird hinsiechen, wochen= vielleicht monatelang, aber es wird nicht fortkommen. (Sie drückt ihr Taschentuch an die Augen.) O, Sie sehen, ich bin recht glücklich! Ihnen muß es zur Genugtuung gereichen, daß Sie mich in solcher Lage finden.

Frey (schmerzlich). O gnädige Frau!

Hedwig. Sie haben es mir ja vorher gesagt.

Frey. Lassen Sie das Vergangene vergangen sein.

Hedwig. Ich will's, ich will sogar das Letzte weggeben, das mich daran erinnern kann, Ihre Briefe.

Frey (erschreckt). Sie haben sie noch?

Hedwig. Ich hatte nicht das Herz, sie zu vernichten.

Frey. Und ich habe Sie doch gebeten, gnädige Frau. Ich machte noch aufmerksam — —

Hedwig. Ich weiß, aber es geschah mir immer leid darum. Es ist mir lieb, daß ich Sie so zufällig treffe, wollen Sie diese Briefe zu sich nehmen und zu denen von meiner Hand legen?

Frey. Wenn Sie es wünschen. Aber wie wollen Sie mir dieselben zukommen lassen?

Hedwig (deutet nach links). Wenn Sie diesen Weg verfolgen, so finden Sie ziemlich außerhalb des Ortes, schon anfangs der Au, ein kleines Gasthaus. Die Tische stehen im Freien und wenn Sie sich dort aufhalten wollen, so suche ich Gelegenheit, gegen Abend vorüberzugehen und Ihnen das Päckchen unauffällig einzuhändigen.

Frey. Ich werde dort sein.

(Beide wenden sich zum Gehen.)

Hedwig. Gewiß?

Frey. Gewiß!

(Hedwig bleibt in der Gartentüre stehen, Frey an der Kulisse links, um einander nachzusehen, dabei begegnen sich ihre Blicke, sie stehen einen Augenblick in gegenseitiges Anschauen versunken, dann zieht Hedwig leise das Gitter hinter sich zu und Frey entfernt sich; sobald beide nicht mehr sichtbar sind, treten Schalanter und Martin aus dem Busch.)

Sechste Szene
Schalanter und Martin.

Schalanter (pfiffig). Martin!

Martin. Was?

Schalanter. Hast aufpaßt?

Martin. Na ja.

Schalanter. Schau amal so was! Is die Frau von Stolzenthaler gar a ehmalige Flamme vom Herrn Feldwebel und bei all'zwei, scheint mir, gloost's noch a biffel. No, is mir lieb, daß ich das weiß!

Martin. Dös kann ein'm doch ganz gleich sein.

Schalanter. Dös verstehst du nit, mein Lieber. Da laßt sich a Brandl schür'n. Ich bleib' jetzt da, bis ich 'n Stolzenthaler zu G'sicht krieg'.

Martin. Os werd'ts ihm doch nit sagen wollen?

Schalanter. Natürlich.

Martin. Weg'n 'm Feldwebel is mir g'wiß net, aber warum soll man gegen die Frau so sein?

Schalanter. Ich bitt' dich gar schön, sorg dich um dö nit, dö wird sich akrat wie dö anderen Weiber z' helfen wissen! Lüg'n und — wo dös nimmer hilft — weinen, das trifft f' wohl auch! D'Hauptsach' is, daß's für uns a Geld und a Hetz' gibt. Der Stolzenthaler laßt g'wiß was aus, ob dafür, daß man g'red't hat, oder daß man nix weiter sag'n soll, dös is egal! Den Herrn Feldwebel aber, den lassen wir sitzen und warten, solang' uns g'fällig is, dann schau'n wir uns ihn an, jag'n ihm erst durch a paar Wörteln ein' heilsamen Schrocken ein und wenn wir so mitten im g'mütlichen Dischkurs drin sein, dann woll'n wir a frag'n, was er eigentlich gegen dich hat.

Martin. Auf dös wär' ich selber neugierig.

Siebente Szene
Vorige. Stolzenthaler und Höller von rechts.

Höller (kleines, trotz großer Beleibtheit sehr bewegliches Männchen. Er spricht nicht, sondern schreit, obwohl es ihm wegen Atemnot Beschwer macht. Man hört ihn schon hinter der Szene). Alsdann heim auf

a paar Stund' — als solider Familienvater — haha —
natürlich — aber dann treff' mer sich wieder unten in dem
Landkaffeehaus — in dem Schandkaffeehaus — wo s' a
Nudelbrett für a Billard ausgeb'n! Haha!

Stolzenthaler. Ich werd' schon kommen.

Höller. 's halt' dich eh' nit lang' z' Haus, haha — kommt
dir eh' schwer g'nug an — 'n g'setzten Ehegatten z' spiel'n.
Haha!

Stolzenthaler. Na ja, mer is halt nimmer frei und dö
Meinige, obwohl s' um ein' Kopf kleiner ist, will mir doch
immer über d'Achsel schau'n.

Höller. So duck s' halt abi zu derer Bas' — wo s' d'
rechte Höhen für dich hat. Haha.

Stolzenthaler. Wär' schon recht. Aber pack an, wann d'
dich traust! Was wahr is, muß mer sag'n, das Weib hat
amal so was Nobles in ihr; taugt mir zwar gar nit, aber
was will man machen? Na, jetzt schau' ich h'nein. Servus!

Höller. Servus! (Schließt ab, noch hinter der Szene.) Alsdann
im Kaffeehaus! Net vergessen!

Schalanter (hat Stolzenthaler den Weg vertreten, zieht den Hut).
Ich küß d'Hand, Herr von Stolzenthaler!

Stolzenthaler. Ah, der Schalanter! Und is dös net der
Martin?

Martin (salutiert). Ergebner Diener!

Stolzenthaler. A schon a paar Schlachten auf der Schmelz
g'wonnen, was? (Zu Schalanter.) Sö hab'n ausg'drechselt,
wie ich hör'?

Schalanter. Mein Gott, a bissel a Arbeit reicht nit hin
und viel is net da. Mir klein' Geschäftsleut' sein eh' aufs
Betteln ang'wiesen, is g'scheiter, man entschließt sich gleich dazu.

Stolzenthaler. Freilich, wenn eng wer was gibt. — Was
macht denn die Pepi?

Schalanter. Was soll s' denn machen, das arme Madl?
Ah, es is traurig, wenn man sieht, wie's in der Welt
zugeht. (Vertraulich näherrückend.) Herr von Stolzenthaler, der
waren Sie ihr erster und es kommt auch keiner, über den
s' Ihnen vergessen wird.

Stolzenthaler. Dös glaub' ich schon.

Schalanter. Der hab'n S' alles golten und gelten alles, das is aber leider nit bei alle der Fall, mit denen Sie umgangen sein und noch umgeben, Herr von Stolzenthaler! — Alle Achtung vor Ihrer Frau Gemahlin . . .

Stolzenthaler (drohend) Söl Setzen S' a bisse aus, über mein Weib wird nix g'red't.

Martin (halblaut zu Schalanter). Müssen S' denn gleich mit der Tür ins Haus fallen?

Schalanter (ebenso). Wir hab'n kein' Zeit, lang' herum z' schneiden.

Stolzenthaler. Ich bitt' mir's aus, weil amal so a balkete Red' ang'hob'n hat, was is's mit meiner Frau?

Schalanter. No, keine fünf Minuten is's her, da hat s' da an der Gartentür' mit ein' saubern Feldwebel g'red't. Wir kennen ihn, es is mein' Sohn sein Feldwebel.

Martin. Robert Frey heißt er.

Stolzenthaler. Mit ein' Feldwebel? Wann's noch a Generalstäbler g'wesen wär'!

Schalanter. Aber aus denen Reden is hervorgangen, daß sie sich schon von früher her kennen.

Stolzenthaler. Daß einer a Frauenzimmer anschmacht, das kann man kein'm verbieten, aber dann bin ich kommen, und wie ich kommen bin, war ich da!

Schalanter. Heut gegen Abend sollten S' die Gnädige doch nit ausgehn lassen.

Stolzenthaler. Warum?

Schalanter (deutet nach links). Es soll da a Wirtshaus in der Au lieg'n, da will s' mit ihm z'samm'kommen.

Stolzenthaler. Das is a Lug', und a breitmächtige noch dazu, dafür kenn' ich mein Weib z' gut.

Schalanter. Ich sag' ja nit, daß s' was Unehrenhaft's vorhat! Brief' hab'n sich halt die zwei amal g'schrieb'n und da will's ihm die sein'n heimlich z'rückgeb'n.

Stolzenthaler (für sich). Brief' —?? Und dö wär'n nit gleich verbrennt word'n, wie ich nur ein' Fuß in ihr Haus g'setzt hab'? Dö hätt' sie noch in Händen? (Plötzlich sich gegen Schalanter wendend.) Wenn Sie in derer Sach' so a ehrlich's G'wissen hab'n, daß Sie sich morgen früh noch zu mir trau'n, so können S' kommen. Verstanden? Der Stolzenthaler verlangt gar nix umsonst, er zahlt a für 'n Beweis, daß er nit recht g'scheit war. — B'hüt Gott! — Jetzt woll'n wir der Gnädigen zeigen, daß wir doch nit so dumm sein! (Ab durch das Gittertor.)

Schalanter (ihm nachrufend). Ich küß d'Hand, Euer Gnaden! Morgen früh werd' ich so frei sein! (Kommt vor.) Na, was hab' ich g'sagt? (Deutet aufs Landhaus.) Heut mag's dir da drin a bissel lustig werd'n!

(Hinter der Szene wird auf einer Ziehharmonika mit Gitarrebegleitung ein Marsch gespielt.)

Schalanter. Hallo, das sein die Unsrigen!

Achte Szene

Schalanter, Martin. Es treten auf von rechts, allen voran Stötzl, der die Ziehharmonika spielt, hinter ihm Katscher. Beide halbreife Bürschchen. Letzterer führt Josepha am Arme, zuletzt Barbara an der Seite Sedlbergers, eines verlebten jungen Menschen, der eine Gitarre an einem breiten Bande umhängen hat. — Die Musik verstummt nach ihrem Auftreten.

Barbara. Na, da treff'n mer s' endlich. Is das a Weg bis da herauf!

Stötzl und Katscher. Ergebner Diener, Herr von Schalanter!

Schalanter. Guten Tag!

Sedlberger (hat nur stumm gegrüßt).

Josepha (tritt zu Martin). Grüß dich Gott, Martin!

Stötzl (indem er Katscher die Harmonika aufdrängen will). Hernach spiel du, ich will a amal d'Fräul'n Pepi am Arm führ'n.

Katscher. Fällt mer ein. Wirst ja zahlt.

Josepha (auf Martins Uniformkragen zeigend). No, noch nix da? Kein Sternbl?

Martin. Laß's gut sein, ich bring's im Avanschman doch nie so weit, wie du in der Degradation!

Schalanter. Na, na, nur nit streiten. Kinder, nur kein Streit heut. (Zu Barbara.) Waberl, just hab' ich a G'schäft g'macht. 'n Stolzenthaler hab' ich ein' Floh ins Ohr g'setzt, schon a ganz's Flöhtheater; morgen hol' ich mir 's Geld für dö Produktion — und heut abend hab'n wir wo ein'

einsamen Spatzen sitzen, mit dem's a Heß gibt. 's Volk
lebt! Vorwärts, daß wir kein' Zeit verlier'n! Hollo!
(Der Marsch wird wieder gespielt, und indem sich alle zum Abziehen in
Bewegung setzen, fällt der Zwischenvorhang.)

Verwandlung

Ein Eckzimmer im Stolzenthalerschen Landhause. In der
Wand rückwärts zwei Fenster, ebenso in der linksseitigen; die rechts-
seitige hat zwei Türen. Zwischen den Fenstern an der linken Seite hängt
ein Spiegel über einem Trumeaukasten. Vorne in der Ecke links steht
eine Wiege und Mitte der Bühne — jedoch mit Spielraum davor —
ein Tisch, auf diesem liegen etliche Zeitungen und daneben ein aufge-
klapptes Taschenmesser.

Neunte Szene

Stolzenthaler und Hedwig.

Stolzenthaler (sitzt, eine Zeitung in der Hand haltend, knapp vor dem
Trumeaukasten). Also deine Eltern kommen heut?

Hedwig. Die alte Schön hat die Post dagelassen.

Stolzenthaler. Na, is recht.

Hedwig (sieht auf ihre Taschenuhr). Du gehst sonst um diese
Zeit ins Kaffeehaus.

Stolzenthaler. Ja, aber wenn ich einmal wegbleib', ver-
säum' ich auch nix.

Hedwig. Warum liest du die Zeitungen nicht auf deinem
Zimmer?

Stolzenthaler. Ich seh' da akrat so gut, warum soll ich
s' denn auf mein' Zimmer lesen?

Hedwig. Ich bin's nicht gewöhnt, daß du mir da im Wege
herumsitzst.

Stolzenthaler. Das is gut, bin ich außerm Haus, so heißt's,
ich wär' kein guter Familienvater; bleib' ich aber amal
daheim bei meiner Familie, so ist's a wieder nit recht.

Hedwig. Dagegen habe ich ja nichts. Aber mußt du gerade
vor dem Spiegel sitzen?

Stolzenthaler. Ich genier' dich doch nit und wozu brauchst
du 'n Spiegel? Bist ja eh' schön.

Hedwig. Sehr galant! Aber ich möcht' mich ein wenig
zurechtmachen.

Stolzenthaler. Gehst du aus?

Hedwig. Ja!

Stolzenthaler. So? Wohin denn?

Hedwig. Ich werde meinen Eltern eine Strecke entgegen= gehen und dann fahre ich mit ihnen im Wagen zurück.

Stolzenthaler. Bist a gute Tochter.

Hedwig (ist ganz nahe an den Spiegel getreten, um Stolzenthaler zu verdrängen). Meinst du nicht, daß zu dieser Frisur eine lebende Rose gut stünde?

Stolzenthaler. Freilich.

Hedwig. Du könntest dich nützlich machen und mir eine aus dem Garten holen.

Stolzenthaler. Da bringt dir wohl der Gärtner a schönere, als ich zu finden wüßt'.

Hedwig (beißt sich in die Lippen und tritt zurück). Du bist sehr bequem.

Stolzenthaler (für sich). Da is' schad', mich bringst net weg.

Hedwig. Laß mich wenigstens meinen Hut nehmen.

Stolzenthaler (öffnet den Schrank). O bitte, den kann ich dir auch herausreichen.

Hedwig. Zerknittere ihn nicht.

Stolzenthaler (gibt ihr den Hut). Da, ist gar nix daran geschehn.

Hedwig. Danke!

Stolzenthaler (als ob er sich anschickte, den Kasten wieder zu schließen). Was hast du denn da für eine Schatull'n, Hedwig?

Hedwig. Du kennst sie ja, — mein Schmuckkästchen.

Stolzenthaler (nimmt es heraus). Richtig, die Schmuckschatull'n. Ja so, du willst 'n Hut aufsetzen? (Steht auf und geht mit dem Kästchen nach dem Tische, wiegt es in den Händen.) Na, da drin hast schon hübsch was beisamm'. Darf man nit h'neinschau'n?

Hedwig (stellt sich unbefangen, folgt aber ängstlich allen seinen Be= wegungen). Der Schlüssel wird ja stecken.

Stolzenthaler. Nein!

Hedwig. Dann weiß ich nicht, wo er ist und nehme mir jetzt auch keine Zeit, ihn zu suchen.

Stolzenthaler (steht an der rechten Seite des Tisches, hält das Käst= chen in der linken Hand und nimmt mit der Rechten das Messer von der Platte). Ich bring's auch ohne Schlüssel auf!

Hedwig (stürzt hinzu und faßt das Kästchen mit beiden Händen an).
Aufbrechen laß ich's nicht!

Stolzenthaler (sieht sie groß an). Na, na, du stürzt ja her
wie eine Löwin, der man ihr Jung's raubt. Man könnt'
meinen, weiß Gott, was da drin is.

Hedwig (läßt die Hände sinken). Es ist mein Eigentum, ich
lasse es mir nicht ruinieren.

Stolzenthaler. Bagatell, wegen dem Schlösserl. (Hat sich
rasch zur Seite gewendet und das Kästchen aufgebrochen.) Offen is's!
(Stellt es auf den Tisch und nimmt einzelne Schmuckgegenstände heraus,
die er auf die Platte streut). Na also, die Herrlichkeiten!

Hedwig (greift ebenfalls hinein und nimmt mit zitternden Händen
einiges, wie spielend, heraus). Deinen Zerstörungstrieb hast du
befriedigt und wenn deine Neugierde gestillt sein wird, so
sei so gut und verlaß mich, geärgert hast du mich ja genug.

Stolzenthaler. Gleich sein wir am Grund! (Er stürzt das
Kästchen um und schüttelt es zwischen beiden Händen, triumphierend.)
Haha, da is ja noch was drin, in ein'm geheimen Fachel!

Hedwig (entsetzt, beide Hände vor die Stirne schlagend). August!

Stolzenthaler (zerschmettert die Schatulle an der Tischkante).

Hedwig (sinkt in einen Stuhl, links, nahe der Wiege). Das ist
eine Gemeinheit!

Stolzenthaler (hat aus den Trümmern ein Päckchen Briefe aufgelesen,
dieselben emporhaltend). Ist das auch ein Schmuckgegenstand?
(Kleine Pause, schreiend.) Ist das auch ein Schmuckgegenstand?
Ich bitt' mir eine Antwort aus!

Hedwig. Schreie nicht wie verrückt! Wecke das Kind nicht
auf! Mäßige dich!

Stolzenthaler. Ich bitt', schaffen S' nur an! Lispeln und
säuseln werd' ich, wenn mir zum Aus=der=Haut=fahren is! —
Ist das wahr, daß Sie einen Feldwebel in Ihr Herz ge=
schlossen g'habt haben, der Robert Frey heißt und dem Sie
heut heimlich diese Briefe haben z'ruckstellen woll'n? Ist
das wahr?

Hedwig. Wenn Sie es ohnehin wissen, was fragen Sie?

Stolzenthaler. Trutzen a noch, statt auf die Knie fallen
und um Verzeihung bitten?!

Hedwig. Sie haben mir nichts zu verzeihen!

Stolzenthaler. Nix?! (Schleudert die Briefe auf den Tisch.) Das da hab' ich zu verzeihen! Wissen Sie, Madam' — das da! — Als aufgeklärter Mensch find' ich nix daran, daß man Sie schön g'funden hat, auch an dem Briefwechsel find' ich nix, denn bei dö meisten Madln hat in g'wissen Jahr'n a Süßholzraspler ein' Anwert, bis ihnen die Augen auf= gehen, wann a Mann kommt, was a Mann is, und der war da ich, der Stolzenthaler, — oder ich bin's net g'wesen! Denn in solchenen Fällen fliegen so unnötige Papierln stante= pede in' Ofen, nit, daß man sie aufbehalt', noch viel weniger, daß man sie nach Jahr und Tag dem Schreiber heimlich z'ruckgibt, daß der Mosjö sich einbilden kann und mer selber auf den Glauben kommt, daß mer noch auf ihn denkt, denn wann noch auf ihn denkt wird, dann bin ich's net g'wesen, dann hat den Stolzenthaler — ter für sich d'Beste noch z' schlecht halt — a Schlechte zum besten g'halten! Verstanden, Madam'? Dann haben Sie den armen Teufel nur laufen lassen, weil er ein armer Teufel is und den Stolzenthaler nur g'nommen, weil er a Geld hat, und das is eine größere Gemeinheit, eine zehnmal größere Gemeinheit, als Sie mir an den Kopf werfen können!

Hedwig (kalt). Lassen Sie sich scheiden!

Stolzenthaler. O nein, wir bleiben beisamm', jetzt fangt erst unser Z'samm'sein recht an. Ich werd' Sie koramisieren, daß Ihnen alle Freud' darüber vergeht und daß Sie's g'wiß hundertmal im Tag bereuen, daß Sie sich zur Frau von Stolzenthaler hinaufgeschwindelt haben!

Hedwig (fährt vom Sitze empor und auf Stolzenthaler zu). Wieder?! Sie sagen es noch einmal, ich hätte nach Ihnen verlangt?! — Ah, mein Gott — und wenn Sie sich an mir vergreifen, ich werfe Ihnen die Wahrheit ins Gesicht! — Nicht mein Wille war es, der mich in dieses Haus brachte, denn zu erfahren, was ich hier erfahren mußte, dazu drängt sich kein Weib, das auf sich hält. Sie haben mir meine bescheidene Bildung zu verleiden gesucht. Musik, Lesen — all das schalten Sie langweilig, fade, unnütz. — Sie verlachten mich, wenn mich das Elend anderer rührte; Sie höhnten, weil ich nicht den Ton Ihrer Gesellschaften nachahmen wollte; Sie taten alles, um mir so widerwärtig zu bleiben, wie Sie es mir vom Anfange an waren, als man mich gezwungen. Sie zu nehmen — hören Sie? Gezwungen!

Stolzenthaler. Gezwungen? Haha! So red'n wir halt jetzt. Gezwungen, den Stolzenthaler zu nehmen?! Daß ich net lach'!

Hedwig. Auf was pochen Sie nur? Was wollen — was können Sie einem Weibe sein? Sie, der Sie geschaffen sind, jedes elend zu machen! Selbst wenn Sie sich eines vom Schmutze der Straße auflesen, kann es Ihnen nicht dankbar sein. (Sie faßt ihn an der Hand und wendet ihn einen Schritt gegen die Wiege.) An der Wiege des Kindes, — das dort hinsiecht und vergeht, statt zu gedeihen — sage ich Ihnen, so läßt sich kein Weib um sein Mutterglück betrügen! Das trägt keine, die Ärmste, die Elendeste nicht, nicht um alles Geld!

Stolzenthaler (herrisch). Nix mehr über den Punkt. (Kleine Pause, dann gedrückt.) Wenn deine Eltern kommen, reden wir weiter, jetzt führt's zu nix. Ich geb' 'nunter ans Tor und erwart' s'. Die Brief' steck' ich zu mir. (Steckt dieselben in die Brusttasche, geht an die Türe rechts, zunächst der Rampe.) Überleg dir's, was du vor deine Leut' sagen willst. (Ab.)

Zehnte Szene

Hedwig, dann Rest.

Hedwig. Die Wahrheit — vor ihnen, wie vor dir! Ah, daß ich's endlich von der Seele habe! — Nun ist's vorbei, er kann mich nimmer halten wollen und sie können mich nach dem Vorgefallenen nicht mehr in seinen Händen lassen, — ich bin frei und nichts hält mich mehr da, wo mich nichts bindet. (Sie blickt nach der Wiege, tritt hinzu und kniet an derselben nieder.) O, daß du leben bliebest, — wie andere rosig und lächelnd, — zänkisch und greinend, — wie andere so unausstehlich lieb! Ah, armes Ding, mir läuft ein Schauer über den Rücken bei dem Gedanken, daß ich dich geboren habe. Etwas, nur bestimmt zu liegen, die Tage und Nächte, zu leiden, zu wimmern und zu sterben, ohne gelebt zu haben! (Erhebt sich rasch.) Wenn sie sich aber auf dich berufen, um mich hier festzubannen —? Ich leugne, daß du ein Kind bist, ich leugne es! Und sie werden mir so kommen, sie werden mich zu bereden suchen, sie werden gegen mich sein, alle! Soll ich sie erwarten? Noch einmal das Opfer eines Versuches werden? Man kann Haß versöhnen, Unrecht vergessen, Sünde verzeihen, aber der Verachtung kann man nicht abhelfen! Das kann man nicht! — Ich muß fort — rasch entschlossen — solang' ich noch den Freund in der Nähe habe und ihn zu finden weiß! (Sie drückt auf die Glocke, die auf dem Tische steht.) Ich will zu ihm — Robert soll mir raten. Welchen Weg er weist, diesmal folg' ich ihm unbedingt auf jedem!

Resi (aus der zweiten Tür im Hintergrunde). Befehlen, gnä' Frau?

Hedwig. Bleib im nächsten Zimmer und wenn das Kleine sich rührt, so sieh nach. Geh!

Resi (ab, wo sie gekommen).

Hedwig (hat rechts vom Tische gestanden, tritt nun zur Türe, durch welche Stolzenthaler abgegangen, und schiebt den Riegel vor. Sie geht hinüber zur Wiege). Sei gut, — wo ich auch sein werde, ich lasse dich bald zu mir holen. Mein armes Flämmchen, du sollst bei mir verlöschen. (Sie schrickt empor, deckt den Schleier über das Kind.) Ein Wagen! — Sie kommen — Hinweg! (Sie eilt an das Fenster, das im Hintergrunde rechts offen steht und schwingt sich aus demselben, dabei entfällt ihr das Taschentuch, — kleine Pause.)

Elfte Szene

Resi. Stolzenthaler, Sutterer und Sidonie.

Stolzenthaler (von außen, anpochend), Hedwig! — Mach auf! Wir sind's! (Trommelt an der Türe.) Aufmachen, sag' ich!

Resi (stürzt aus der rückwärtigen Türe). Jesses, der gnä' Herr is h'nausg'sperrt! (Sie öffnet.)

Stolzenthaler. Wo is die Frau?

Resi. Grad' war d'Gnädige noch da.

Stolzenthaler (erblickt das Taschentuch am Fenster, stürzt hinzu). Ah!!

Sidonie. Was bedeut' denn das?

Stolzenthaler. Das bedeut', daß mir mein Weib durchgangen is. Aber — (Will fort.)

Hutterer (hält ihn zurück). Warten S' a bissel. (Zu Resi.) Net herumstehn, marsch, aufs Dienstbotenzimmer!

Resi (ab).

Hutterer. Jetzt, Herr Schwiegersohn, können wir reden. Was da a vorg'fall'n is, nehmen S' mein Wort, daß mein Kind zu seiner Pflicht z'rückkehr'n wird; aber kein Aufseh'n, kein' Skandal, das bitt' ich mir aus!

Stolzenthaler. Ah, Herr von Hutterer, Sie wissen Ihnen ja g'waltig in Respekt z' setzen, da könnt' ja am End' a wahr sein, was Ihre Tochter sagt! — Wir hab'n ein' Attack' g'habt, weil ich dö Brief' bei ihr g'funden hab' —

Sidonie. Jesses, das unvorsichtige Kind!

Stolzenthaler. Und sie hat mir g'sagt, sie hätt' mich nie mög'n, zwungen wär' f' word'n.

Hutterer. Unsinn, zug'red't hat mer ihr halt, wie Elternpflicht is!

Stolzenthaler. Dank' schön für d'Auskunft. (Großartig.) Wenn Sie Ihre Tochter wiedersehen, so sag'n S', ich lass' f' grüßen und jetzt willige ich in die Scheidung; aufzwingen tut sich der Stolzenthaler niemand, dös tut er net!

Hutterer. Aber, Stolzenthaler . . .

Stolzenthaler (ohne auf ihn zu hören). So ist's also wahr!? (Schlägt die Hände ineinander und ringt sie nach dem Boden, vor Wut weinend.) Jesses und Joseph, das muß mir g'schehn, 'm Stolzenthaler, wo sich Hunderte, — was Hunderte? — wo sich Tausende glücklich schätzen würden, da muß grad ich auf eine treffen, die mein' Anwert gar nicht z' schätzen weiß! — Herrgott, jetzt sitzen wir alle da und kein' is recht g'schehn. Dö is petschiert samt ihr'm Feldweb'l, ich bin's aber a! Und wenn ich jetzt gleich eine find', — kann man a jede bereden, daß f' mit ein' nach Ungarn abi rennt und unitarisch wird, wann ihr etwa vor derer Prozedur graust!?

Sidonie. Anton, ich bitt' dich, halt dich net auf, verlier'n mer kein' Zeit, such'n wir das unglückliche Kind!

Stolzenthaler (schnellt ein paar Schritte nach dem Fenster zu). Ja, ich bitt', da suchen Sie f', so weit die Au liegt, können lang' herumrennen. Viel Vergnüg'n! (Zurück.) Ah, Sie können's gar net verantworten, das eigene Kind in Jammer

4 Anzengruber.

stürzen und noch fremde Leut' mitverhandeln, und dös alles, mein lieber alter Herr, dös war so rein unnötig, — aber so ganz unnötig! (Wirft sich in einen Stuhl.)

Hutterer (gebeugt). Es war unnötig! Komm, Sibi! (Er faßt seine Frau an der Hand und sie wenden sich zum Gehen.)

Dritter Akt

Prospekt: Freie Gegend, eine weithin flachliegende Au, in der Ferne von Gebirge abgeschlossen. Links ein ganz kleines Häuschen, schräg gestellt, sich in der zweiten Kulisse verlierend. Über der Bank, linker Hand neben der Türe, hängt an dem Nagel eines Hutrechens eine geladene Flinte. Ein Zaun, in der Mitte offen, schließt sich an das Häuschen an und läuft parallel mit dem Prospekte bis an das andere Ende der Bühne, welche sonst nach keiner Seite geschlossen erscheint. Es stehen vier Tische auf dem Podium, zwei vorne, zwei rückwärts, zwischen denselben bleibt in der Mitte eine breite Gasse. Der Tisch vorne links muß etwas abseits von den Kulissen stehen, da er nur einen kleinen Teil der rechten Seite des Hauses decken darf.

Erste Szene

Frey an der linken Ecke des Tisches vorne links, Johann an der rechten Ecke des Tisches vorne rechts, ihm gegenüber sitzt Minna, etwas seitwärts Stille. Berger nimmt — von dem rückwärtigen Tische rechts — ein Damentuch und einen Sonnenschirm auf.

Berger. Minna, dein Tuch und dein Schirm.

Minna (sich erhebend und ihm entgegenhüpfend). Danke, Papa, ich bin recht froh, daß wir gehen.

Frey (unruhig). Es ist kaum glaublich, daß sie jetzt noch kommt. Was mag sie abgehalten haben?

Berger (mit Minna am Arme vortretend). Herr Stille!

Stille. Ja?

Berger. Sie haben bezahlt?

Stille. Ja!

Berger. So kommen Sie, wir gehen.

Stille (rasch aufstehend). Ja!

Berger. Das war ein hübscher Tag heute.

Stille. Ja!

Berger. Ihre Gesellschaft abgerechnet. Sagen Sie mir nur, wie ein Mensch weniger Worte haben kann als ein Papagei? (Geht mit Minna nach rückwärts.)

Stille (nachfolgend). Hm, ein Papagei sucht sich vermutlich angenehm zu machen. Ich nicht.

Berger. Nein — das kann Ihnen niemand nachsagen. (Alle drei hinter dem Zaune nach links ab.)

Johann (mit hochgerötetem Gesichte, in der linken Hand ein Sacktuch, lockert sich mit der Rechten die Halsbinde). Ich darf in kein Wirtshaus mehr gehen — nein — der Schmerz in einem trinkt mit und dann wird's zu viel.

Zweite Szene

Frey, Johann. Von rechts hinter dem Zaun treten auf und kommen durch die Mitte vor Schalanter, Martin, Stötzl, gleich darauf Barbara und Sedlberger. Später aus dem Hause Mostinger und Tonl.

Schalanter. Da wär'n wir an Ort und Stell' (verstohlen nach Frey deutend) und dort sitzt a unser Mann. — Aber wo bleiben denn die andern? So kommt's doch!

Barbara (noch hinter dem Zaun). Na, na, da sein wir ja schon.

Johann (ist aufgestanden). Guten Abend, Herr Schalanter!

Schalanter. Ah, guten Abend, Johann! Sein Sö a da? Wie geht's?

Johann. Danke —

Schalanter. Na, das is recht! Heda, Wirtshaus!

Barbara (ihren Begleiter auf die Achsel dreschend). Sedlberger, da schau'n Sö Ihnen nachher um, daß ich was Gut's krieg'!

Mostinger (kommt eilig aus dem Hause, der kleine Tonl hängt sich an seine Schürze und läuft nebenher). Guten Abend — guten Abend wünsch' ich! (Zu Tonl.) Laßt aus, du! Mußt d' üb'rall dabei sein? Wirst net bei der Mutter in der Kuchel bleib'n? (Zu den Gästen.) Was is denn g'fällig?

Schalanter. Ein Wein, aber a guter, schlechten hab' ich heut schon g'nug trunken. Bringen S' gleich a paar Flascheln mit, dö für uns ausreichen, wie S' uns da sehn.

Mostinger. Schön, soll'n z'frieden sein, Euer Gnaden. Verlassen S' Ihnen! (Eilig ab ins Haus.)

4*

Tonl (läuft bis zur Türe mit, bleibt dort zurück, klettert auf die Bank und beginnt an dem Gewehrriemen zu spielen).

Schalanter. Jetzt sein wir erst noch nit vollzählig. Da kann mer sich ja nie auf 'n Wirt sein Augenmaß verlassen. Wo is denn 's Madl und der Katscher?

Barbara. No im Dischkurs. Laß doch 'n jungen Leuten a a Freud'. Da kommen s' eh' schon.

(Josepha und Katscher werden hinter dem Zaune rechts sichtbar.)

Johann. Ah, jetzt gibt's mer ein' Stich ins Herz!

Dritte Szene

Vorige, ohne Mostinger. Josepha, Katscher, später Mostinger zurück.

Barbara (droht mit dem Finger). Na, seid's amal da, ös Schlimmen?

Josepha (läßt Katschers Arm fahren). Jesses — du mein Gott — wer steht denn da? Der Johann!

Johann (linkisch und verlegen). Ja, ich bitt'!

Josepha (gibt ihm die Hand). Grüß Ihnen Gott! Wie geht's Ihnen denn?

Johann (seufzend). Ach ja!

Josepha. War dös a Seufzer!

Johann. Ich bitt' Sie, das ist jetzt allgemein's Bedürfnis und noch am billigsten.

Josepha. Und wie Sö ausschau'n! Ganz verwahrlost. Gehn S', halten S' Ihnen und lassen S' Ihnen a bissel aufgleich richten. (Sie schickt sich an, seine Halsbinde zu ordnen, wendet ihr Gesicht gegenüber dem seinen ab.) Ui — und trunken hat er a! Na, Sie braucheten schon wirklich wem, der auf Ihnen schauet.

Katscher (zu Barbara). Was is denn das für a Figur?

Barbara. Brauchen nit z' eifern, es is nur a ehmaliger G'sell'.

Katscher (boshaft). Ah, wenn das a ehmaliger G'sell von Ihnen is, Frau Schalanter, dann hab' ich kein' Ursach'.

Mostinger (eilig aus dem Hause kommend; er trägt eine große Blechtafel, worauf Flaschen und Gläser stehen). So, meine Herrschaften...

(Verstummt sofort, wie er Tonl mit dem Gewehrriemen spielen sieht.)

Tonl — du Himmelsapperment — gehst mer weg, gehst mer vom G'wehr weg, 's könnt' ja 's größte Unglück g'schehn!

Tonl (springt von der Bank auf und läuft ins Haus).

Barbara (aufkreischend). Jesses! Es wird doch net g'lad'n sein?

Moßinger (besorgt). Freilich is's g'laden.

Schalanter. Tun Sie's weg, wann S' a Furcht hab'n.

Moßinger. Glaub'n Sö, ich rühr' das Ding an?! Ich kann ja nit umgehn damit. Es g'hört mein' mitter'n Bub'n, der allweil, wo er nur kann, mit dö Jager rennt. Wo er's nachher daheim hinlehnt oder hinhängt, da bleibt's schon von mir aus, dös können S' mer glaub'n. Aber dös is a wahr, der Sakermenter laßt sich nie blicken, wann er's aus 'm Weg räumen soll. Ja, ich tät' schön bitten, wo setzen sich denn die Herrschaften hin?

Schalanter (nach dem Tische vorne links weisend). Da setzen mer uns her. Ruck' mer z'samm', hab'n mer alle Platz. Mit Verlaub. Guten Abend, Herr Feldwebel!

Martin (salutiert und setzt sich an das rechte Ende).

Frey (erwidert militärisch den Gruß).

Schalanter. Nur abirucken nacheinander.

(Moßinger stellt die Flaschen und Gläser auf den Tisch, Schalanter schenkt ein, prüft das Getränk und füllt dann die Gläser der andern.)

Josepha (war, nachdem sie die Halsschleife Johanns geknüpft hatte, zurückgetreten, jetzt geht sie wieder auf ihn zu, vertraulich). Hab'n S' denn g'wußt, daß wir herkommen?

Johann. Ah nein, davon hab' ich kein' Ahnung g'habt.

Josepha. Dös wär' jetzt weiter was g'wesen, wann S' ja g'sagt hätten und ließen mir die Freud'!

Johann. Eine Freud'? Ja, wenn ich das g'wußt hätt'!

Josepha. Mein Lieber, wenn Sie nit so schön lügen lernen wie die andern, werd'n Sie's bei die Madeln nie weit bringen.

Johann. Verlang' ich das, Fräulein Peppi?

Josepha. Lassen S' doch d'Fräul'n weg.

Johann. Haben Sie früher so was an mir bemerkt, oder leg' ich's vielleicht jetzt darauf an, wo ich mich verwahrlos', trink und net auf mich schau'?

Josepha. Und muß denn das sein, daß S' Ihnen ver-
wahrlosen, trinken und nit auf Ihnen schau'n?

Johann. Das is ja eben 's Elend, es müßt' gar nit sein,
wenn man den natürlichen Dingen ihren Verlauf ... wenn
man den Dingen ihren natürlichen Verlauf lassen hätt'!
Ah, Ihre Leut' können's nit verantworten! Aber, Pepi,
schau'n S', wenn Sie mit Ihnen reden ließen, — alles
wurd' gleich anders, wann Sie mit mir durchgingen, wohin, wo wir all'zwei fremd sein, wann Ihnen die Leut' gar
nit kennen und wann ich mich über alles hinaussetz', Pepi,
über alles —

Josepha. Na, da hätten S' weiter was! Na, na, mein
lieber Johann, aus Ihnen red't jetzt der Wein. Ich denk'
gar nimmer ans Heiraten; für ein' Braven wär' ich a Unglück und ein' Schlechten möcht' ich selber nit.

Barbara. Aber, Pepi, wie kannst denn 'n Herrn Katscher
so lang' allein sitzen lassen?

Josepha. Jesses, er wird nit sterben! Ich komm' gleich!

Katscher. D'Fräul'n Pepi nimmt bald ein' G'sell'n auf.

Stößl. Ein' Altg'sell'n.

Sedlberger. Ein' ältlichen Altg'sell'n.

Josepha. Wenn S' zahlt hab'n, Johann, so gehen S'.
Ich will nit, daß auf Sie g'stichelt wird. — Behalten S'
mich im Andenken, aber schau'n S' mer net nach, mich tät's
nur schenier'n, und Ihnen machet's kein' Freud'. Wann S'
aber amal hör'n, daß ich g'storb'n bin, dann kommen S'
zu meiner Leich', — g'wiß — damit doch ein ehrlicher
Mensch dabei is, 's andere wird eh' lauter G'lumpert sein.

Johann. O Pepi!

Josepha (tätschelt ihm die Wange). Na, na, Tschapperl, am End'
weinen wir gar, zahlet sich aus! Sein S' g'scheit und schau'n
S' wieder auf Ihnen — hör'n S' — machen S' mir nit
die Schand', als ob mein Wort nix bei Ihnen geltet! —
Bleiben S' g'sund, all's andere gibt sich mit der Zeit. Den
guten Will'n gegen mich werd' ich Ihnen nie vergessen,
Johann. (Drückt ihm die Hand.) 's soll Ihnen recht gut gehn
dafür! (Schon halb gewendet, dreht sie sich rasch wieder gegen ihn.)
Sö, wann ich a brav's Madl find' — so eine, die sich d'Hand,

an der ich s' halt', sauber abwischt, wann s' erfahrt, wer
ich bin — soll ich Ihnen s' rekommandier'n? Ja? (Gibt
ihm einen leichten Schlag auf die Wange.) B'hüt dich Gott! (Geht
an den Tisch, wo die andern sitzen.)

Johann. Und das Mahl hab'n s' mir verschandier'n müssen!
(Traurig durch die Mitte hinter dem Zaune links ab.)

Vierte Szene

Vorige, ohne Johann und Tonl. Gäste.

Von rechts treten nach und nach Personen auf und besetzen die drei
freien Tische. Mostinger läuft bedienend ab und zu.

Schalanter (zu Josepha). Na, setz dich amal!

(Nachdem Josepha Platz genommen, sitzen die Personen an diesem Tische
in folgender Ordnung):

	Schalanter	Katscher	Josepha	
Frey				Martin
	Barbara	Sedlberger	Stötzl	

Schalanter. Ich muß eng ja aufführ'n. Es is nämlich
unsern Sohn sein Herr Feldwebel, der uns die Ehr' schenkt.
Erlaub'n S'! Das is dem Martin sein' Schwester, das is
mein' Alte — Barbara, a schön's Buckerl — bö andern gehn
mich, Gott sei Dank, nix an.

Stötzl, Katscher, Sedlberger. Oho!

Schalanter. Sehn S', Herr Feldwebel, jetzt hab'n S'
d' ganze Familie kennen g'lernt.

Frey. Ja, jetzt kenne ich die ganze Familie. — Wirt, zahl'n!

Mostinger (an einem der rückwärtigen Tische beschäftigt). Gleich
werd' ich kommen!

Schalanter. Aber, Herr Feldwebel, werd'n doch nit schon
gehn? Wär' uns nit lieb, wenn wir Ihnen von da ver-
treibeten, wir hätten — weil sich grad die G'legenheit schickt —
a paar Wörtel weg'n unsern Martin z' reden.

Barbara. Ja, der arme Teufel klagt, daß S' soviel streng
gegen ihn sein.

Frey. Soll er sich anders halten, wird er nicht zu klagen haben.

Barbara. Na, a bissel a Nachsicht kann man doch ein' jungen Menschen angedeihen lassen.

Frey. Wenn er's verdient.

Barbara. Pepi, komm da b'rüber, daß d' a für dein' Bruder reden kannst.

Frey. Lassen Sie das Mädchen, wo es sitzt.

Schalanter. Sie soll nur bleib'n, auf Madeln halt' der Herr Feldwebel nix.

Martin. Und, Gott sei Dank, kann ich a für mich selber reden. Schon lang' hätt' ich gern um a Auskunft ersucht, warum grad gegen mich so vorgangen wird.

Frey. Weil Sie mich vor Ihren Eltern fragen, so will ich Ihnen die Antwort nicht schuldig bleiben. Ich handle nicht aus Gehässigkeit gegen Sie, ich tue meine Pflicht. Sie sind der Nachlässigste, sind ein Trinker, ein Raufbold —

Barbara. Das sind Schwächen.

Sedlberger. Der Mensch is kein Vieh, wenn er a a Soldat is.

Frey. Und wie Sie verlangen können, daß man Ihnen alle Ausschreitungen nachsehen soll, das begreif' ich nicht. Wir haben in der Kompanie Leute aus den besten Häusern, die ihrem Dienst unverdrossen nachkommen und vor denen man Sie nicht herumschreien lassen kann, daß Sie sich für einen Soldaten zu gut fühlen.

Martin. Ich bin a zu kein' gebor'n.

Frey. Das glaub' ich. Wenn ich es aber, soweit an mir liegt, versuche, einen aus Ihnen zu machen, so geschieht es zu Ihrem eigenen Besten, und vielleicht sehen Sie das später auch einmal ein.

Martin. Dank' schön, geben S' Ihnen dö Müh' net. Da sitzen meine Eltern, noch brauch' ich kein' Vormund, und zu was ich nit taug', taug' ich nit!

Frey. Sie taugen auch sonst zu nichts.

Martin. Oho, Herr Feldwebel, da frag'n S' amal da herum, an dem Tisch sitzen Leut', die mich besser kennen.

Schalanter. Ah, Herr Feldwebel, unser Martin hat ein' Kopf!

Stötzl. Der Schalanter Martin is a ganzer Kerl!

Sedlberger. Verstanden?.

Frey (erhebt sich). Mit wem red' ich? Mit dem Martin Schalanter doch allein! (Zu diesem.) Woher Sie diesen Dünkel haben, weiß ich nicht. Im Haus ist Ihnen wahrscheinlich zuviel nachgesehen worden und Sie haben nicht das beste Beispiel vor Augen gehabt.

Schalanter. Das geht auf uns!

Frey. Solchen Sinn aber biegt oder bricht die Welt. Solange ich Ihr Vorgesetzter bin, werde ich sorgen, daß Sie der Kompanie weder außer der Kaserne noch in Reih' und Glied Schande machen, darauf geb' ich Ihnen mein Wort und damit haben wir ausgeredet. Adieu! (Wendet sich.) Herr Wirt!

Schalanter. Das laßt du dir und uns sagen?!

Martin. Laß'n mer's gut sein, Vater! Net hetzen, Sie wissen, wann ich amal anfang', weiß ich nit, wo ich aufhör'!

Schalanter (verächtlich). Feiger Kerl!

Frey (zählt gerade Mostinger Geld auf die Hand).

Martin (gepreßt). Herr Feldwebel, es is net recht, ein' Menschen so zu reizen! Verstehn S'? Es war schon oft da, daß wann der Mann vor der Front sein' Teil kriegt hat, bis's ihm z'viel word'n is, daß hernach der Unteroffizier a vor der Front sein Teil kriegt hat, der grad g'nug war.

Frey. Diese alberne Drohung hör' ich nicht das erstemal von Ihnen, ich will sie auch diesmal nicht gehört haben. Ich fürchte Sie nicht.

Schalanter. So bau ihm doch das von der Stolzenthaler auf 'n Tisch, damit wir a amal reden.

Frey (rasch hinzutretend). Was nannten Sie da für einen Namen?

Martin. Kennen S' ihn? Haha! Mein lieber Herr Feldwebel, da nehmen S' Ihnen ein Beispiel dran, daß man sich auch mit Leuten, die man veracht', nit verfeinden soll, weil man nit weiß, was ein'm die für ein' Streich spielen können.

Frey (bestürzt). Was heißt das?

Martin. Das heißt, daß wir vor einer g'wissen Villa im Hinterhalt g'legen sein und daß die g'wisse Dame nicht kommen kann, weil der Herr Gemahl alles weiß!

Frey. Mein Gott, Sie haben die arme Frau denunziert? Um mir einen Possen zu spielen, ein wehrloses Weib preisgegeben —! Ah, das ist feig, Sie sind noch erbärmlicher, als ich gedacht habe, Sie sind wirklich, wie es sich von einem Menschen erwarten läßt, dessen Vater ein Säufer und dessen Mutter eine Kupplerin ist!

Schalanter. Derschlag ihn!

Martin (stürzt an dem Tische vorüber, auf Frey zu). Das nehmen S' z'ruck!!

Frey (faßt ihn an der Halsbinde und dreht ihn hinter sich). Beiseit', Schuft! (Geht vorne an dem Tische vorbei, biegt dann in die Gasse ein.)

Martin (ist nach dem Gewehr gestürzt, hat es vom Nagel gerissen, ruft ohne Aufregung, ganz in dem Tone, als hätte er noch etwas Gleichgültiges zu sagen). Herr Feldwebel! (Schießt, wie sich der Gerufene nach ihm kehrt.)

Frey (stürzt lautlos zusammen).

Martin (wirft das Gewehr weg). Du wirst kein' mehr sekier'n!

Josepha (ist aufgesprungen, hat sich bei dem Schusse die Ohren verhalten, jetzt läuft sie auf Martin zu, aufschreiend). Jesus! Marie! — Martin, was hast denn tan?!

Martin (abwehrend). Weg! Laß mich fort! (Stürzt in die Kulisse links ab.)

Josepha (folgt ihm).

(Wie Martin auf Frey anlegte, war an den Tischen folgende Bewegung: an dem rückwärts links abwehrende Gesten, sowohl dem Bedrohenden als dem Bedrohten geltend; an dem rückwärts rechts ducken sich die Personen, um nicht etwa durch einen Fehlschuß getroffen zu werden; an dem Tische vorne rechts versuchte man Frey durch Gebärden zu warnen, obwohl er schon mit dem Rücken gegen diese Gesellschaft steht; wie der Schuß fällt, lösen sich diese Gruppen und dann drängt alles gegen den Gefallenen, wobei der Tisch rückwärts rechts umgeworfen wird. Nur an dem Tische vorne links, wo alles entsetzt aufsah, bleiben nun alle erstarrt sitzen, allein Barbara ist aufgestanden, aber auf den Stuhl, wo Frey neben Schalanter gesessen, hingesunken.)

Alle (durcheinander). Mord! — Hilfe! Er hat ihn erschossen!

Barbara (händeringend). O mein Gott!

Moslinger (schreiend). Gendarmerie!

}zugleich.

(Unter allgemeinem Tumult fällt der Zwischenvorhang.)

Verwandlung

Gegend in einer Au. Ein kleiner Wiesenplan, rings umgeben von Büschen, dieselben schließen dicht, nur rechts und links (erste Kulisse) schmale Pfade. In Mitte des Hintergrundes ein breiter Weg, derselbe liegt schräg gegen den Vordergrund und bildet eine kleine Erhöhung, welche die Auftretenden hinan und — gegen die Bühne — hinabsteigen müssen. Über dem Ganzen leuchtet ein klarer, lichter Sternenhimmel. Die Bühne steht einen Augenblick leer.

Fünfte Szene

Hedwig (erscheint auf dem schmalen Pfade links — erschöpft). Mein Gott, wieder der Platz! Wie oft habe ich ihn schon gekreuzt! In der Furcht verfolgt zu werden, gehe ich in der Irre und, wie ich sehe, immer im Kreise herum. — Ah, es ist nicht mehr möglich, Robert zu finden. Ich will rasten. Mut und Kraft sammeln. Wenn ich dann immer nach e i n e r Richtung vorwärts bringe, so muß ich ja endlich auf eine Ortschaft, auf eine menschliche Wohnung treffen. (Sie setzt sich auf einen kleinen Erdhügel links.)

Sechste Szene

Die Vorige. Josepha und Martin erscheinen auf dem breiten Wege.

Josepha (welche Martin führt, besorgt). Martin!

Hedwig (leise, ängstlich). Wer kommt?

Martin (taumelnd). Es hilft nix, mich tragen die Füß' nimmer. Die Angst, die in mir steckt. Das Herz schlagt nit natürlich, — als wollt's heraus! Laß mich! (Er sinkt zusammen.)

Josepha (kniet an seiner Seite nieder und legt seinen Kopf in ihren Schoß). So rast halt a bissel, aber nit lang'!

Siebente Szene

Vorige. Tomerl und Schoferl stürzen eilig über den breiten Weg herein.

Tomerl. Ui, heut zieh'n s' der grean' Bettfrau d'Tuchet weg!

Schoferl (läuft nach links).

Tomerl. Schoferl, net da eine, da geht's der Donau zu,

da komm übri! (Erblickt Martin und Josepha.) Ui, da sein ein'. Machts eng davon! D'Streif' kommt! (Mit Schoferl vorne rechts ab.)

Josepha. Martin, um Gottes willen!

Martin. Soll b'Streif' kommen! Mach was d' willst, ich kann nit weiter!

Achte Szene

Vorige, ohne Schoferl und Tomerl. Die nächtliche Streife. Voran Kraft und Werner, dann auf einer Bahre von vier Männern getragen, Frey. Es folgen Sutterer, Sidonie, Stöber, Seeburger und Gendarmen, welche einen Trupp Vagabunden beiderlei Geschlechts eskortieren, Bauern, als Begleiter der Streife, mit Laternen und Fackeln ausgerüstet.

Kraft (unterm Auftreten). Nur immer geradeaus, den kürzesten Weg!

Werner. Für ihn ist auch der kürzeste zu lang. — (Die Bahre erscheint im Hintergrunde.) Er stirbt, ehe wir die offene Straße erreichen.

Frey (schwach). Wasser!

(Der Zug hält.)

Kraft. Was ist?

Seeburger. Er verlangt zu trinken.

Kraft. So setzt ab und gebt ihm!

Werner. Wer hat den Krug? Leuchtet!

(Licht wird herzugebracht.)

Hedwig (hat entsetzt den Vorgängen gelauscht; sie erhebt sich, wie die Bahre nahe bei ihr niedergestellt wird, jetzt, wo die Lichter herangebracht werden, erkennt sie Frey). Allbarmherziger Himmel! Robert! (Wirft sich über die Bahre.)

Kraft. Mein Gott, was haben wir denn da wieder?

Sidonie. Unser unglückliches Kind!

Kraft. Ah, die Dame, nach der zu suchen Sie mich baten.

(Während der folgenden Vorgänge ist die Bahre so umstellt, daß das Publikum wohl das Zureichen des Kruges, aber nicht den Sterbenden trinken sieht.)

Seeburger (welcher mit Stöber neben Martin und Josepha steht). Herr Adjunkt!

Kraft (tritt auf die Gruppe zu).

Stöber (mit einer Laterne hinzuleuchtend). Da ist eine in unserm
Bezirk Bekannte. (Bedeutend). Ihr Name ist Schalanter!

Kraft. Das ist der Bruder? (Keines antwortet.) Helft dem
Burschen auf die Beine und bindet ihn!

Martin (schnellt empor). Warum?

Kraft. Das weißt du ganz gut, Lump! — Die Dirne
zu dem übrigen Gesindel und den Mann noch heute an die
kompetente Militärbehörde.

(Martin und Josepha werden nach rechts geführt.)

(Zu Hutterer und Sidonie). Ich bitte Ihre Tochter von da zu
entfernen!

Hedwig (noch immer an der Bahre knieend). Nein — nein!

Kraft. Wir haben Eile, jeder Verzug ist für den . . .
Kranken gefährlich; wenn Sie an der Bahre nebenher gehen
wollen, das kann ich gestatten. (Zu den Trägern.) Auf —
langsam —

(Die Bahre wird gehoben, Hedwig steht daneben und hält die herab-
hängende Rechte Freys in ihrer Hand und drückt sie an die tränende
Wange.)

Frey. Was ist das für eine Hand?

Hedwig (weinend). Die meine!

Frey. Hedwigs?

Hedwig (schluchzend). Ja'

Frey (in dem singenden Tone, welcher den in letzten Delirien Liegen-
den eigen ist). Ab — die Nacht ist schön!

Kraft (winkt den Trägern, ergriffen, leise). Vorwärts

(Der Zug setzt sich in Bewegung. Hedwig hält die Hand des Sterbenden
fest in der ihren. Wie die Bahre verschwindet und hinter ihr die letzten
Personen sich verlieren, schießt eine leuchtende Sternschnuppe über den
Nachthimmel.)

(Der Vorhang fällt rasch.)

———

Vierter Akt

Dekoration: Garten wie im ersten Akt.
Es ist früh am Morgen.

Erste Szene

Schön und Anna, im Garten beschäftigt; Eduard tritt durch die
Mitte ein.

Eduard. Guten Morgen, liebe Eltern!

Schön. Grüß dich Gott, Eduard!

Anna (zu Schön). Du setzt halt schon wieder 'n Respekt
aus dö Augen! (Zu Eduard.) Guten Morgen, hochwürdiger
Herr Sohn, was führt denn dich so zeitlich in aller Gottes
Fruh her?

Eduard. Die Sorge hat mich hergetrieben. Gestern ist
dem unseligen Menschen, dem Martin Schalanter, das Todes-
urteil publiziert worden und heute morgens soll er erschossen
werden. Ich denke nun, es wäre gut, wenn man diese
Vorgänge hier im Hause vertuschen könnte und für einige
Tage die Zeitungsblätter beiseite schaffte. Die Kenntnis von
all diesen düsteren Einzelheiten würde Fräulein Hedwig, ich
wollte sagen, die junge Frau Stolzenthaler — seit sie von
ihrem Manne geschieden ist, bin ich immer uneins, wie ich
sie nennen soll — es würde sie, glaube ich, zu sehr erschüttern.

Anna. Ah ja freilich, dös wär' g'fehlt! Mein Gott,
seit s' vor acht Tagen ihr Kinderl begraben hat, is s' eh'
nimmer z' kennen. Dö Nachtwachen und die Kränkung
haben das arme Weib ganz z'samm'g'rackert. Ja, ja, da
mach lieber ein' Sprung h'nein — bei ihnen is alles fruh
auf — sonst kommt etwa doch b' heutige Zeitung auf 'n
Tisch und dös dürft net ratsam sein, da hast schon recht.

Schön. Ja, jetzt hat er schon recht, unser hochwürdiger
Herr Sohn, aber zu Anfang von derer Affair' hat er ein'
Bock g'schossen.

Anna. Das g'schieht ein'm hochwürdigen Herrn nie. Wer hat's denn wissen können, wie's ausgeht? Hintnach is leicht reden.

Schön. Na, wann dürften wir denn nachher was reden, wann net hintnach, mir Leut' aus 'm Volk, dö mir von vornherein überhaupt nix z' sag'n haben?! Ich bleib' dabei, er hat damals a bissel voreilig 'n Gehorsam empfohlen.

Anna. Hätt' er vielleicht 's Gegenteil predigen sollen?

Schön. Dös schon gar net, und ich weiß ebensogut, wie unsereins net so und net so sag'n, damit man ein'm nit nachsag'n kann, er hätt' so oder so g'sagt, das kann er a nit; aber was er können hätt', dös will ich ihm wohl sag'n — weil dös auf der Hand liegt — und völlig selbstverständlich is — ganz natürlich — nämlich, wenn man die Sach' betracht' — so — na ja! — Na ja ... das is gut, jetzt weiß ich selber nit, was er eigentlich hätt' tun sollen!

Eduard. O, ich weiß es heute nur zu gut. Ich hätte mich erst ganz genau mit den Verhältnissen vertraut machen sollen und dann wäre es am Platze gewesen, ohne der Neigung des Mädchens irgendwie das Wort zu reden, dem Vater Hedwigs die geplante Verbindung auf das eindringlichste abzuraten.

Schön (bedauernd). Ganz richtig!

Anna. Du lieber Gott! Daß dir das net früher hat einfall'n können!

Eduard. Leider! Aber, daß ich es sage, ich dachte damals nur an euch und mich und ich war gewohnt, euch immer zu gehorchen, geschah es nun, um euch eine Freude zu machen, oder weil ich ganz gut einsah, daß es zu meinem Besten war.

Schön. Ja, ja, mein lieber Eduard, du warst aber a unser Einzig's, wir haben nie ganz alleinig auf uns denkt; was dich a ernstlich's Opfer kost't hätt', das hätt' uns ja eh' gar kein Freud' machen können und wann was hat sein müssen, so hat mer dir immer durchblicken lassen, warum und weswegen. Gelt ja?

Eduard (beide an den Händen fassend). Ich weiß es. Ihr wart die sorglichsten Pfleger meiner Kindheit, die treuesten Berater des heranwachsenden jungen Mannes und jetzt, nachdem wir Jahre mit gleichem Herzschlag durchlebt und uns alle kleinsten und größten Erinnerungen gemeinsam verbinden, jetzt seid ihr meine ehrlichsten, meine trautesten, meine besten Freunde. Gott erhalte euch mir, treue Elternherzen! (Drückt ihnen die Hand und geht in den Hausraum ab.)

Schön (kleine Pause). Du, hörst, Alte? Der Bub' wird a bissel weinen, wenn wir sterben.

Anna (trocknet sich die Augen). So sterb'n wir halt net.

Zweite Szene

Vorige, ohne Eduard. **Josepha,** darauf Schalanter und Barbara.

Josepha (durch die Mitte, sie hat einen abgetragenen Morgenanzug an, das Haar nur zurückgestrichen und durch ein Netz zusammengehalten, darüber aber ein kokettes Häubchen und an den Füßen Stöckelschuhe mit Aufputz). Gut'n Morg'n! Sie verzeih'n schon! Ich hab' 'n geistlichen Herrn zum Tor hereingehn g'sehn, ich soll ihm a Post sag'n, dö net mehr viel Zeit hat.

Schön. Müssen halt warten, er kommt gleich.

Anna (halblaut). Na, das machet sich schön, wann er mit so einer redet.

Schön (ebenso). Natürlich wird er mit ihr reden. Er ist ja Geistlicher und bei ihm muß eins, wann's gleich von aller Welt veracht' wird, noch a Anspruch suchen können, und hat unser Herrgott mit Sünderinnen g'red't, wird doch er sich nicht z' gut dafür halten!

(Schalanter und Barbara erscheinen hinter dem Gittertor.)

Barbara. Pepi!

Josepha. Wer ruft? A, Sö sein's!

Barbara. Wir hätten dich was z' fragen.

Josepha. Na, da bin ich.

(Schalanter und Barbara treten in den Garten. Ersterer bleibt in der Türe mit gesenktem Kopfe stehen.)

Barbara (zu Schön). Erlauben S', Herr Schön — wir sein nur unserer Tochter nach, weil wir s' über b'Straßen haben laufen g'sehn — wir sein gleichfertig — wir gehen heut eh' lieber allen Leuten aus 'm G'sicht. (Zu Pepi.) Warst du beim Martin drin, Pepi?

Josepha. Nein, er hat nit nach mir verlangt und es is das nix für mich. Ich hab' eh' die ganze Nacht g'weint. Ich hab' ihm gestern die Schoberlechner Leni, die er früher gern g'sehn hat, hineing'schickt und ihr Zigarr'n und a paar Groschen Geld für ihn mitgeb'n.

Barbara. Sie hab'n uns gestern nit zu ihm lassen. Hat er nix g'sagt, ob er uns sehn will?

Josepha. Nein!

Barbara (zu Schalanter). Gehn wir halt hin.

Schalanter (nickt, ohne aufzublicken).

Josepha. Na, da gehn S' in Gott's Nam', daß's nit etwa z' spät wird, bei mir versäumen S' nix, 's hat wohl noch a Weil' hin, bis S' mich im Spital aufsuchen können, aber es bleibt nit aus.

Barbara (wendet sich). Mir hab'n a Unglück mit dö Kinder!

Schalanter. Ja, ja — mir mit sö — (hebt den Kopf, sieht alle starr der Reihe nach an) oder sö mit uns! (Senkt den Kopf wieder und geht mit Barbara durch die Mitte ab.)

Anna (schlägt die Hände zusammen). Wie denen sein muß — wie denen sein muß, das kann ich mir gar nit vorstellen.

Schön. Ich a nit, Gott sei Dank!

Dritte Szene

Schön, Anna, Josepha. Aus dem Trakte treten auf: Hutterer, der ein Bettkissen unter dem Arme trägt, und Sidonie. Beide führen Hedwig in ihrer Mitte, Eduard folgt.

Hutterer (sein Haar ist ergraut). So! Komm nur, mein Kind, du kannst schon im Freien sein, wenn du willst, die Luft ist ganz mild, die schab't dir nix. (Sie geleiten sie zu einer Bank, er schiebt ihr das Polster an der Lehne zurecht.)

Josepha (tritt zu Eduard, der etwas seitwärts von der Gruppe steht). Hochwürden, sein S' nit bös, aber mein Auftrag hat Eil'. Sie werd'n mich wohl kennen?

Eduard (nickt und sieht besorgt nach der Kranken hinüber). Ja! Keinen Namen! Was bringen Sie?

5 Anzengruber.

Josepha. Mein Bruder hat sagen lassen, er möcht' Ihnen gern noch einmal sehn, und Sie wissen ...

Eduard. Ich weiß. Ich gehe sofort zu ihm. (Zu Hedwig tretend.) Gnädige Frau, ich empfehle mich! Fassen Sie Vertrauen! Gott, der so schwere Prüfungen über Sie verhängte, wird Ihnen auch die Kraft verleihen, dieselben zu ertragen.

Hedwig (sehr bleich und angegriffen aussehend, sie spricht schwach, aber mit klarer Stimme und langsamer, nachdrücklicher Betonung). Keine Phrasen, Hochwürden! — Wissen Sie, wie man das nennt, wenn jemand eine Prüfung veranstaltet, um ein Ergebnis herbeizuführen, auf das er ganz gut im voraus rechnen kann? Man nennt das experimentieren. — Vor Jahren wohnte ein Mediziner in unserm Hause, den ich, als kleines Mädchen, von ganzem Herzen verabscheute, weil er arme Kaninchen lebend zerschnitt. Er wußte ganz genau, wieweit er sich auf die Stärke dieser Tierchen verlassen konnte, ob sie ihm tot unter dem Messer bleiben würden, oder wie lange sie lebend und leidend zu erhalten waren, wenn er ihnen durch gute Pflege „Kraft verlieh, die Prüfungen zu ertragen". — (Leise lächelnd.) Wollen Sie mich glauben machen, Gott wäre so ein Mediziner? (Da Eduard sprechen will, hebt sie abwehrend die Hand und fährt fort.) Ich will Ihnen sagen, was mich tröstet. Ich habe mich einem Gebote gefügt, das das einzige ist, das eine Verheißung in sich schließt, „auf daß du lange lebest und es dir wohlgehe auf Erden". Das Wohlergehen hat nicht zutreffen wollen; ich hoffe zu Gott, daß auch der andere Teil der Verheißung sich als trügerisch erweist und daß mich mein Kind bald nachholt.

Eduard. O, wenn ich es doch vermöchte, diese Gedanken aus Ihrer Seele zu bannen!

Hedwig (schüttelt sanft lächelnd den Kopf). Nein! Sie vermögen's nicht. (Reicht ihm die Hand.) Leben Sie wohl, Hochwürden!

Eduard (verbeugt sich und geht durch die Mitte ab).

Sidonie (näher tretend). Mein' arme Hedwig!

Hedwig (bittend). Ich möchte jetzt gerne allein sein.

Hutterer. Kind, es wär' vielleicht doch besser, wenn jemand in deiner Näh' bleibet.

Hedwig (schüttelt leicht den Kopf). Ich danke für euere Sorgfalt.

Hutterer (schmerzlich). Du meinst, die kommet a bissel spät.

Hedwig. Ich sage ja nichts. Wenn ich euch jetzt wie ein lebendiger Vorwurf bin, so laßt euch doch vor mir nichts merken, ich werde es ja nicht mehr lange sein.

Hutterer (erschüttert). Kind? (Er faßt ratlos nach der Hand seiner Frau.) Sibi! — (Fährt sich mit beiden Händen in die Haare, in Tränen ausbrechend.) Ah, grau — grau — das ist die richtige Farb' — die richtige. — (Von Sidonie gefolgt in den Trakt ab.)

Schön (schiebt Anna zur Gartentür hinaus). Geh fort, Mutter! (Kommt vor zu Josepha, legt ihr die Hand auf die Achsel.) Sö! Kommen S'!

Josepha (die mit ihrer Schürze über die Augen fährt.) Ja!

Hedwig (aufblickend). Wer ist das? Das Mädchen sollt' ich kennen. (Sie erschauert.) Ach ja, ich weiß! (Streicht mit der Hand über die Stirne und den Scheitel.) Es war auch sonst von ihr die Rede. Wir gehören in eine Kategorie.

Schön (erzürnt). Frau von Stolzenthaler, wann sich wer anderer trauet, das von Ihnen zu sagen . . .

Hedwig. Nur ruhig, Alter! (Nimmt das kleine Bukett, das sie an der Brust trägt, herab.) Die hab' ich aus der Vase von den gestrigen zusammengelesen. (Eine weiße Rose herauslösend und sie Josepha hinhaltend.) Übernächtig, — bleich — und welk, — paßt das? Nehmen Sie! — Ob an einen oder an mehrere, wir sind ja doch zwei Verkaufte!

Josepha (hält mit beiden Händen die Linke Hedwigs und drückt sie an die Lippen).

(Zwischenvorhang fällt rasch.)

Verwandlung

Gefängniszelle. Die Türe befindet sich in der Hinterwand, nahe der linken Ecke des Gemaches; in der rechten Ecke steht die Pritsche. In der Mitte der rechten Wand ist das Fenster angebracht, durch welches auf die gegenüberliegende Mauer ein schmaler, brennender Streif vom Frühsonnenschein fällt.

Vierte Szene

Profoß Atzwanger, Martin, dann Eduard.

Atzwanger (steht unter der Türe). Dö Alten dürfen net b'rein?

Martin (sitzt auf der Pritsche, beide Arme auf die Knie, den Kopf in die Hände gestützt. Er schüttelt den Kopf).

Atzwanger. Soll'n f' draußt bleib'n? (Er tritt zurück.)

Eduard (erscheint unter der Türe und zeigt Atzwanger einen Zettel).

Atzwanger. Ich bitt' nur einz'treten, Hochwürden! (Läßt Eduard eintreten und geht, hinter sich die Türe schließend, ab.)

Martin (geht Eduard entgegen). Ah, du bist's, Eduard? Das is schön, daß du kommst!

Eduard. Ich finde dich gefaßt.

Martin. Ich nimm' mich halt z'samm'. Es g'schieht mir ja recht — und es is jedenfalls g'scheiter, wie noch länger als Auswürfling unter dö Menschen herumlaufen. Ich komm' mir vor wie a wild's Tier, das nachträglich zu einer menschlichen B'sinnung kommen is. — (Er sieht nach der Türe.) Es is schon spät, gelt ja?

Eduard (ausweichend). Es ist nicht spät. — Wolltest du etwas von mir? Kann ich vielleicht etwas für dich tun?

Martin. Nein. Sehn wollt' ich dich noch einmal. Sag'n wollt' ich dir, daß du mir der liebste von meine Spielkameraden warst, wann wir gleich die spätern Jahr' immer weiter auseinander kommen sein. Du warst mir der liebste und unliebste, denn du warst mir immer voraus dir war ich allweil neidig, ich weiß a seit kurzem auf was. Auf dein ruhig's, anständig's Elternhaus. Wie du jetzt vor mir stehst, denk' ich z'ruck an die Zeiten, dö glücklichen Täg' — wo mer noch nix g'wußt hat. — Es hätt' ganz anders werd'n können.

Eduard. Du mußt nicht zurückdenken.

Martin. Net z'ruck, Eduard, wohin denn? Vorauf liegt ja nichts. (Sieht wieder nach der Türe.) Es wird immer später.

Eduard. Du erwartest jemand?

Martin. Weißt, was muß der Mensch doch haben, an das er sich halten kann in schwerer Stund', a der schlechteste!

Ein Herz, auf das er zähl'n kann, das's zutiefst ehrlich mit ihm meint, und wann er ihm a allweil nur weh' tan hat. Ich ging' mich hart, recht hart, von da.

Eduard. Sage nur wer, Martin. Es ist wohl noch Zeit, daß man . . .

Martin. Hinschickt? Nein! Sie muß von selber kommen. Erbarmen hast ja auch du mit mir, aber sie — sie hat mich immer gern g'habt und a Lieb', a Lieb' möcht' ich noch sehn, bevor ich von der Welt geh'.

Fünfte Szene

Vorige. Atzwanger, Herwig.

Atzwanger (die Türe öffnend). Schalanter, da is wer!

Herwig (tritt unter die Türe).

Atzwanger (geht ab. Die Türe bleibt offen stehen).

Martin. Großmutter! (Stürzt auf sie zu.)

Herwig. Rühr mich net an mit dö Händ' — mit dö Händ' net! (Sie lehnt den Kopf an den Türpfosten links, leise weinend.) Das muß ich an dir erleben, Martin? Das hätt' ich nit denkt! Hätt's nit denkt!

Martin. O Großmutter, weil S' nur da sein! Ich weiß ja, daß mich nix weiß brennen kann und daß ich Ihnen all' die Lieb', Treu' und Sorg' schlecht heimzahl', aber Sie sein die einz'ge Seel' auf Gottes Erdboden, um die mir is. (Mit gefalteten Händen.) Sein S' gut mit mir, Großmutter, sein S' gut!

Herwig. Der Gang is mir recht hart word'n bei meine alten Füß' und weil's mir da (zeigt aufs Herz) sitzt, aber sehn hab' ich dich doch müssen, Martin, und ich bin nit kommen, daß ich dir 's Herz schwer mach'.

Martin. Dös wird's mir von selber. Wenn s' mich nur allweil auf Ihnen hätten hören lassen, Großmutter, ich könnt' jetzt als braver Bursch vor die Leut' dastehn und Ihnen könnt' ich für dö alten Täg' manche Freud' machen, — so hab' ich Schimpf und Schand' über dös weiße Haar bracht und jetzt soll ich hinaus, wo die Welt im lichten Sonnenschein liegt . . . Herrgott, ich bin ja doch nur a armer Teufel, der nach und nach so schwarz word'n is. Ich frag' net, ob es gerecht is — aber is's menschlich, ein' hinknieen lassen — ein' letzten Blick ins Land — d' schwarze Binden — „fertig" — ab! (Bricht zusammen und umfaßt die Kniee der Herwig.) Großmutter, helfen S'!

Herwig (wird ohnmächtig).

Eduard (steht bei ihr, leise). Martin!

Martin (fährt rasch empor). Jesus, Maria! Was is ihr? Großmutter, sein S' g'scheit! Großmutter, ich bin ja schon wieder kuraschiert — hör'n S'? Eduard, nimm dich um sie an, schau wie s' zittert, führ s' nachher — wenn wir schon a bissel weit weg sein — über die Stieg'n, bring s' nach Haus, laß s' a nit sobald allein, tu mir die Lieb'! Ich bin schon wieder kuraschiert, Großmutter, es handelt sich ja nur um ein' Augenblick, dann is ja alles vorbei und es is gut für mich und es is recht. Haben S' kein' Angst um mich, ich sorg' mich nur um Ihnen, nur um Ihnen.

Herwig. Sorg dich net, ich bin schon wieder, wie ich sein soll. Bleib nur du stark, Martin!

Martin. Ja, Großmutter! (Ruhig.) Sie kommen über die Stieg'n herauf.

Eduard. Martin, wenn du deine Eltern doch noch sehen wolltest —

Martin. Nein! Sie hab'n mir nichts zu verzeihen und ich ihnen nichts abzubitten.

Eduard (im Tone versöhnlicher Einrede). Denk an das vierte Gebot!

Martin. Mein lieber Eduard, du hast's leicht, du weißt nit, daß's für manche 's größte Unglück is, von ihre Eltern erzog'n zu werd'n. Wenn du in der Schul' den Kindern lernst: Ehret Vater und Mutter, so sag's auch von der Kanzel den Eltern, daß s' danach sein sollen.

(Außer der Türe marschieren Soldaten auf.)

Atzwanger (in die Türe tretend). Schalant'r!

Martin. Ich komm' schon! Die wenigen Schritt', die ich noch z' gehn hab', will ich nimmer vom Boden aufschau'n, den letzten Blick mach' ich in das ehrliche G'sicht, in dö treuen Augen, denen ich manche Träne kost' hab' und dö

schon über meiner Wieg'n g'wacht hab'n. Großmutter, nie=
mand weiß, was danach kommt, damit ich aber — was
auch kommt — ruhiger geh', verzeiht's mir!

Herwig (legt ihm die Hände auf den Kopf). Verzeih dir Gott,
wie ich dir verzeih' — und die Welt, wie dir Gott ver=
zeihen wird.

Alle drei. Amen!

(Ein Armensünderglöcklein ertönt.)